나는 신을 사랑하기로 했다

나는 신을 사랑하기로 했다

초판 1쇄 인쇄 | 2022년 5월 2일
초판 1쇄 발행 | 2022년 5월 16일

지은이 이상란
발행인 이승용

편집주간 이상지 | **편집** 임경미 김태희 이수경
마케팅 이정준 정연우
북디자인 이영은 | **홍보영업** 백광석
제작 및 기획 백작가

브랜드 치읓
문의전화 02-518-7191 | **팩스** 02-6008-7197
홈페이지 www.shareyourstory.co.kr
이메일 publishing@lovemylif2.com

발행처 (주)책인사
출판신고 2017년 10월 31일(제 000312호)
값 14,800원 | **ISBN** 979-11-90067-56-0 (03810)

 네이버 포스트 [책인사]
바로가기

 네이버 카페 [작가수업]
바로가기

나는 신을
사랑하기로 했다

사랑,
그 난해한 문제를 풀기 위한
가장 인간적인 방법

이상란 지음

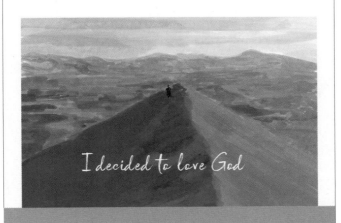

I decided to love God

사랑이라고 착각한 것들, 결코 아름답지만은 않은 사랑.
신을 사랑하기로 한 순간부터,
사랑할 수밖에 없는 숙명을 받아들이게 되었다.

목차

1장 '나'

: 직설적, 그 아래의 순수함

2장 '천국'

: 초원 위에서 신을 만나다

3장 '교감'

: 낯선 감정, 낯익은 느낌

4장 '신과 개와 고양이'

: 인간에게 나는 신이 분명하다

5장 '가족'

: 신이 내린 가장 어려운 과제

6장 '길'

: 신의 그림자

7장 '본성'

: 악의 시대, 사랑을 말하다

8장 '받아들임'

: 사랑이 있는 곳에 신이 있다

사랑이 사랑에

사랑이 사랑을 찾으며 기다리다 중년을 훌쩍 넘겨버렸다. 사랑
할 수 있는 가슴 뜨거운 삶의 언저리에서 사랑을 회고한다. 이제야
깨닫는다. 스스로가 빛이고 선이고 사랑이었음을. 그러나 사랑 앞
에 용기 없고 게으른 낡은 육신 안으로 부끄러움이 밀려온다.

사랑했어야 할 많은 것들은 이미 상처 속으로 사라져 버렸다.
그래도 사랑할 수 있는 것들이 아직 남아 있기에 자신에게 고백함
으로써 사랑이 되려고 한다.

대학 시절 나는 빛나는 아이였다. 한 여대생이 서너 명의 청년
들 사이에서 희롱당하고 있을 때, 그때는 적어도 용기 하나는 가
지고 있었다.

"여자 분이 싫다고 하잖아요! 남자들이 비겁하게 무슨 짓이
에요?"

겁 없이 달려들어 여대생을 빼내고 당당하게 호통 치던 아이였
다. 그러나 어른이 되어 공원 한구석에서 집단 괴롭힘을 당하고
있는 학생을 향해 나서지 못한다. 그저 먼발치에서 가슴 조이며

지켜볼 뿐이다. 신고해야 하나? 아직 괜찮은 상황인가? 아이가 다치면 어떻게 하지? 나는 겁 없이 나섰다가 봉변을 당할 것 같은 두려움이 앞서 최소한의 양심에 비겁함을 담아 곁눈질을 하게 되었다.

과거의 나는 심장이 따뜻한 아이였다. 무뚝뚝하고 부드럽지는 못했지만, 생계를 걱정하는 동아리 후배들을 위해 몇 달씩 아르바이트하며 쌀이랑 라면을 사주기도 했다. 끼니를 때우기 위해 밥 달라고 찾아오는 후배들에게 마음 편하게 실컷 먹이고 싶은 마음이 있었다.

그때는 그 일이 즐거웠다. 너와 나에 대한 구분이 없었기 때문이다. 그저 한 덩어리가 되어 살았던 시절이다. 그러나 지금 심장 안에서는 따뜻한 박동 소리 대신 계산기 두드리는 소리가 난다.

10년을 모셔 온 시어머니가 요양병원으로 옮기게 되었다. 주말마다 챙기던 반찬과 간식이 이제는 2주에 한 번만 가도 될 핑계를 찾아냈다. 그리고 한 달에 한 번의 이유를 찾기 위해 큰집과 딸들이 방문하는 횟수를 점검한다. 게으름이 게으름을 먹으며 커지고 있다.

사랑이 사랑을 잃고 가난한 영혼이 되었다. 이제는 선도 아니고 빛도 아니다. 사랑도 아니다. 사랑받지 못하는 희생자임을 자처

하고 타인들을 이기적인 사람으로 낙인찍어 버렸다. 그러면서도 아이에게 가르친다. 정의와 용기 있는 삶을 살라고. 나는 지금 어른이다. 그것을 할 힘 있는 나이가 되었다. 그런데 아무것도 없었던 순수 시대의 정신은 어디에 팔아 버렸을까?

이제야 깨닫는다. 스스로가 빛이고 사랑이고 정의였음을. 그 사실을 인지하지 못하는 삶이 자신 안에 찌그러져 숨어 있는 사랑을 찾아 밖으로 헤맨다. 가난한 영혼으로 전락한다.

자신의 존재를 인정하는 순간 힘겹게 애쓸 필요가 없다. 마음이 이끄는 대로의 삶이 사랑이고 선이다. 그리고 빛이다. 외부의 시선과 타인의 반응에 귀 기울일 필요는 없다. 내 크기만큼 사랑하면 된다. 내 밝기만큼 빛을 내면 된다. 그저 내 안의 사랑을 키우고 내 안의 빛을 밝히는 일에 마음을 쓸 일이다. 최초의 순수로 돌아갈 일이다.

사랑이 사랑에 고백한다. 지난 삶들이 주인을 잃은 부끄러운 변명들이었다고.

신 앞에 '나'를 드러냄으로써 사랑이 되려고 한다.

운명은 내가 원하는 선택으로 이루어진다.
그러나 많은 사람은 선택 뒤에 숨겨진 알 수 없는 힘의 실체를 모른다.

1장 '나'

: 직설적, 그 아래의 순수함

나는 왜 사랑을 이야기하는가?

　나에겐 늘 알 수 없는 결핍감 같은 것이 있었다. 내 안의 어딘가에 어두운 그림자가 웅크리고 있으면서 삶의 흔적들을 집어삼키고 공허의 자리로 만들고 있는 것 같은 느낌. 그런 채워지지 않는 갈증은 삶의 쉼표 사이마다 나를 언제나 똑같은 공허함에 휩싸이게 했다. 그럴 때마다 사색의 늪으로 빠져들곤 했다. 그러나 그것이 무엇 때문인지 알 수는 없었다.

　왜 꽃다운 스무 살의 나이에 삶과 죽음의 경계를 구분하지 못하고 헤매고 다녔는지, 왜 스물아홉 살의 나이가 되도록 사랑을 할 수 없었는지, 그리고 결혼하는 데 있어서 도무지 이해할 수 없는 선택을 하게 되었는지 알 수 없는 일이었다. 나의 결혼은 마치 신데렐라가 호박 마차를 타고 파티에 가듯이 마법처럼 이루어졌다. 그리고 25년간 꿈에서 깨어나지 못했다. 청소며 빨래며 궂은일에서 헤어나지 못하는 계모 밑의 신데렐라처럼 무엇을 위한 일인지도 모른 채 주어진 하루하루의 삶을 열심히 살아왔을 뿐이다.

　쉰여섯의 나이가 되어 모든 것들이 운명임을 알게 되었다. 그리고 운명은 나의 선택으로 이루어졌고, 그 선택 뒤에는 사랑에 대한 결핍감이 자리 잡고 있었음을 깨달았다. 무의식 속의 결핍감은 매 순간 갈고리를 들고 나와 내 삶의 실타래에 매듭을 만들었다.

마음이 열린 상태에서 사랑이라는 문제에 부딪힐 때마다 나는 서러움의 울음을 터뜨리곤 했다. 당황스러웠다. 그것은 내가 전혀 눈치 채지 못했던 일이었기 때문이다. 특히 글쓰기를 할 때와 여행 중일 때 내 감정의 실체들이 전면에 드러났다.

무의식 속의 감정들이 마당 위에 펼쳐놓듯 나열되자 모든 것들이 정리되기 시작했다. 그것은 굴비를 엮듯 줄줄이 한 코에 꿰어 매달린 원인과 결과가 되었다. 내 삶을 이해하게 된 것이다.

자신의 인생이 어떤 흐름을 타고 흘러왔는지 알 수 있다는 것은 참으로 대단한 행운이다. 자신의 위치를 볼 수 있고, 삶을 이끌어 온 힘이 무엇이었는지 알 수 있는 일이다. 그리고 어디로 흘러갈지 어디를 향해 흘러가야 하는지 생각할 수 있게 해 준다.

운명이란 것이 있다. 이것은 자연이 제 나름의 규칙을 가지고 흘러가듯, 인간의 삶을 구속하고 흘러가게 하는 원인이다. 지구는 공전과 자전을 하고 중력의 지배를 받는다. 지구 위의 모든 것들은 이것으로부터 동일한 제약을 받는다. 그러나 지리적 환경에 따라 기후가 다르고 낮과 밤의 길이가 다르듯 개별성을 가진다. 이 개별성은 지구의 운동 원리에서 완전하게 벗어날 수는 없다. 최초의 원인에 구속되어 있다.

인간의 삶도 마찬가지이다. 같은 제약조건을 가지지만 개개인의 삶으로 좁혀 들어갈 때 자신만의 개별성으로 나타난다. 우연처럼 다가오고 '나'만의 특수한 상황으로부터 시작된다. 아프리카에서 태어난 사람과 유럽에서 태어난 사람, 아시아에서 태어난 사람이 다르다. 금수저로 태어난 사람, 하루 노동을 팔아 생계를 유지해야 하는 가난한 집에서 태어난 사람이 똑같을 수 없다. 어떤 사람은 화목한 가정에서 사랑을 받으며 사랑 덩이로 자라는가 하면 누구는 가정폭력을 당하거나 상실가정에서 불행한 시절을 보내야만 한다.

그것이 운명의 시작이다. 나는 왜 이렇게 태어났을까? 하필이면 7남매의 대가족에서 다섯 번째 딸로 태어나 부모의 사랑으로부터 소외된 어린 시절을 살게 되었을까? 그 이유와 원인은 따질 수 없다. 그것은 다른 영역의 문제이기 때문이다. 전생을 이야기해야 하고 사주팔자를 논해야 하며 업보를 따져야 한다. 종교의 문제이고 철학의 대상이다.

단지 나는 삶을 이끌어온 원인과 그것으로부터 파생된 결과들을 정리하고 싶은 마음이다. 내 삶을 구속하고 있는 필연의 이유를 직시하고 객관화시킬 수 있을 때 그것을 넘어서는 자유를 얻게 된다. 인생을 연결하는 매듭의 고리를 찾아내고 풀어가는 일이다.

사람들은 똑같은 환경에서도 다른 삶을 만들어 낸다. 그것은 우리를 구속하는 조건이 그냥 환경으로 존재할 뿐 어떤 행위나 선택을 강요하지 않기 때문이다. 그 구속의 조건 안에는 수천 가지의 가능성이 존재한다. 어떤 사람에게는 열악한 환경이 그것을 극복하는 힘을 길러주기도 하고, 어떤 사람에게는 완전하게 보이는 환경이 삐뚤어지거나 모자란 인성으로 자라게 하는 요인이 되기도 한다.

운명은 내가 원하는 선택으로 이루어진다. 그러나 많은 사람은 선택 뒤에 숨겨진 알 수 없는 힘의 실체를 모른다. 중요한 순간마다 어떤 선택을 강요하고 있는 알 수 없는 힘의 갈고리. 그것은 때로는 선으로, 때로는 사랑으로, 때로는 희망으로 가장하여 나타난다. 그리고는 삶을 의지와는 무관한 방향으로 비틀어 버린다.

사랑을 배우는 일은 내 삶에서 풀어야 할 과제 중의 하나였다. 나에게 사랑은 늘 등을 돌린 채 나에게서 한 발자국 떨어진 거리에 있었기 때문이다. 기다림이었고, 인내였고, 헌신이었다. 나는 지금 인생이라는 실타래에서 그것을 풀어갈 수 있는 실마리를 찾았다. 그리고 실타래를 풀어가며 한 올 한 올 가지런히 정리하고 있다. 그 실로 자수를 놓을 예정이다. 화려하지도 대단하지도 않지만 천을 뚫고 올라오는 바늘 끝의 작은 한 점으로 삶을 수놓을 것이다.

사랑이 뭐예요?

 사랑이 무엇이냐고 묻는다면 노랫말 가사를 떠올리는 일 이외에
할 수 있는 것이 없다. 사랑이란 단어를 정의하기가 쉽지 않기 때
문이다. 사람마다 다르고 상황마다 다르다. 언제 어디에나 있으
며 아무리 찾아 헤매도 보이지 않는 것이 사랑의 실체다. 제멋대
로의 모양과 구분하기 힘든 색깔, 분별하기 힘든 향기로 나타나
고 사라진다.

 우리의 언어로 표현하기 가장 어려운 단어가 '감정'에 관한 표현
이다. 사랑, 슬픔, 기쁨, 우울함, 미움 등의 감정을 표현하는 여
러 가지 단어 중 '사랑'은 명사와 동사로만 표현된다. 감정의 주체
를 상태(형용사)에 머물러 있게 하지 않는다. 대상을 향해 에너지
가 이동하고 있는 동적 상태를 표현하기 때문이다. 즉, 사랑은 머
물러 있는 감정이 아니며, 완성되지 못하는 단어이다. 표현과 행
위를 통해서만 드러날 수 있는 실천의 과정이다.

 사랑은 실체가 없다. 물처럼 흐르고 있으나 담을 수 없고, 공기
처럼 가득하나 계측할 수 없다. 사랑은 한 사람의 심장으로부터
출발하여 다른 사람의 심장을 통해 가치를 드러낼 수밖에 없는 에

너지이다. 그것이 우리가 사랑 앞에 서툴고 사랑 앞에 부족한 이유이다. 그런데도 우리는 사랑에 대한 정의를 내린다. 각자의 생각과 감정을 표현하는 수단이 언어이기 때문이다. 감정에 대하여 표현을 강요하는 것은 흐르는 물줄기를 잘라 그 단면을 설명하는 일과 같다. 어쩔 수 없다. 다행히 인간의 언어는 마술과 같아 무형의 것을 형상화할 힘을 가지고 있다. 단면을 설명한다는 것은 빙산의 일각을 그리는 일이 될 수도 있고, 단면을 비집고 들어가 물줄기의 근원을 상상하는 일이 될 수도 있다. 또 서툰 표현은 진실을 왜곡하게 하는 해석을 낳기도 하고 사랑을 받아들이는 일을 인색하게 만들기도 한다. 사랑에 대하여 우리가 할 수 있는 일이라는 게 자신의 감정을 말하고 자신의 마음을 따라 행동하는 것뿐이다. 사랑에 대한 정의가 각양각색이고 사랑에 대한 명언이 넘쳐날 수밖에 없는 이유이다. 나는 내가 생각하고 느껴온 사랑에 대하여 삶의 단면을 통해 그려보려고 한다. 작은 조각들을 모아 사랑의 퍼즐을 맞춰 보고 싶은 마음이다.

우리는 일상생활에서 "자기야!"라는 말을 자주 사용한다. 사랑하는 사람을 부르거나 아주 친밀하여 속내를 터놓고 지내는 사람들이 상대를 부를 때 흔히 쓰는 말이다. 어느 날 독서 토론 모임을 끝내고 작가들과 차 마시는 시간을 가졌다. 이런저런 이야기 중에 '자기야'라는 호칭의 의미에 관한 질문이 있었다.

"상대를 자신처럼 생각하고 또 다른 '나'라는 의미로 부르는
말 아니에요? 나는 당연히 그런 줄 알고 있었는데."

"그래요? 자기야가 그런 의미였어요?"

동석한 작가의 의아해하는 질문에 나는 잠시 당황스러웠다. 자
기라는 호칭에 다른 의미가 있었나? 호칭의 의미에 대해 정확히
알고 싶어졌다. 표준 국어사전에 의하면 자기(自己)는 그 사람 자
신을 뜻하는 명사이다. 철학적 용어 사전의 풀이에 의하면 "대상
의 세계와 구별된 인식. 행위의 주체이며 체험 내용이 변화해도
동일성을 지속하여 작용, 반응, 체험, 사고, 의욕의 작용을 하는
의식의 통일체"라고 정의되어 있다.

이 정의가 의미하는 것은 외적 환경이나 대상에 작용하는 '나'라
는 주체를 말한다. 철학적 용어에 표현된 '체험 내용이 변화해도
동일성을 지속하여'라는 말은 사실 이해하기 쉽지 않다. '변하지
않는 본질이라는 것이 과연 존재하는가?'라는 질문과 맞닿아 있기
때문이다.

이 질문을 파고 들어가다 보면 결국 남는 것은 외적 환경에 작용
하는 주체의 운동성만 남게 된다. 작용, 반응, 체험, 사고, 의욕
등 작용의 내용을 구속하는 영원한 본질이라는 것은 없다. 각자

의 개별성, 역사성이 만들어 낸 현재의 '나'가 있을 뿐이며, 현재의 '나' 또한 미래의 '나'는 아니다. 그렇다면 우리가 쉽게 부르는 '자기'는 철저히 개인의 삶에 근거한 자신만의 운동성이 보장된 이름이다. 즉, "자기야."라고 부를 때는 그 사람을 있는 그대로 존중하고 모든 변화의 가능성을 열어 놓는 말이다. 나 또한 그런 존재이며 자기라고 부를 수 있는 사람 또한 그런 존재이어야 한다.

우리가 일상에서 쉽게 부르는 이 호칭에 이렇게 대단한 의미가 있을 줄 누가 알았을까? 과연 우리는 "자기야!"라고 부르는 상대에 대해 그의 현재, 즉 개별성, 역사성, 미래의 변화 가능성을 포함한 자신만의 운동 동력을 가진 실존적 존재로 생각해 본 적이 있는지. 그의 내적 동력이 그대로 발현될 수 있도록 자유롭게 하였는지 한 번 생각해 볼만 한 일이다.

상대를 '자기'라고 부를 수 있음이 사랑의 본질이다. 관계라는 틀로 인해 상대의 이면에 작동하고 있는 내적 동력을 파괴하거나 다른 역할을 강요하지 않을 수 있는 관계. 그것이 스스로 그것일 수 있는 존재로 인정할 수 있는 관계. 그런 의미의 '자기'를 부를 수 있는 사람은 최고의 사랑을 나누는 중이다.

사랑이란 모든 것들을 존재하게 하는 운동 에너지이다. 돌멩이는 돌멩이로 있어야 하고, 꽃은 꽃으로 나무는 나무로 있어야 한다. 또 그것이 그것이게끔 하는 제 나름의 존재 원리가 있다. 자연의 신비이다. 인간에게는 인간이 인간이게끔 하는 신비로운 인류사의 운동 법칙이 있다.

모든 사물은 대립과 통일을 한 몸으로 하여 존재한다. 눈으로 볼 수 없는 원자의 작은 알맹이마저 전자와 원자핵 사이의 자기장의 흐름을 통해 존재하듯, 모든 사물에는 대립한 존재가 한 몸을 이루기 위한 에너지가 흐르고 있다.

인간사회도 마찬가지이다. 인간이 하나의 유기체로 존재할 수 있도록 하는 에너지가 있다. 인간과 인간 사이에도 또 가족과 사회, 나아가 세계가 공존하는 데에도 그 관계에 필요한 에너지가 있다. 나는 그것을 사랑이라고 부른다. 이 에너지는 모든 것들이 존재할 수 있는 생명의 근원이며, 모든 것들을 파괴할 힘이 되기도 한다. 이것이 사랑으로 연결된 인류 역사는 행복을 향한 공존의 방식으로 발전해 나갈 것이고, 이기심으로 흐를 때 인류 역사는 갈등과 투쟁과 부정적 파괴의 미래로 흐를 것이다. 사랑을 배우고 실천해야 하는 이유이다.

어쩌면 한 개인의 삶이 인류 역사와 무슨 관계가 있을까 하는 생각을 하게 될지도 모른다. 그러나 모든 존재가 원자 알갱이로 구성되었다는 사실을 생각해 보자. 원자핵과 전자 사이의 자기장이 무너지면 원자의 존재가 파괴되고, 모든 사물이 존재할 수 있는 근거를 상실하게 된다. 한 개인의 삶은 인류 역사의 근원이다. 한 개인의 영향이 얼마나 큰 파장으로 퍼져나가는지는 수시로 목격할 수 있다. 그렇다고 애쓸 필요는 없다. 스스로가 사랑이고 선한 긍정의 힘으로 존재한다면 세상은 여전히 역사를 기록할 것이다. 우리가 해야 할 하나의 실천은 그것에 대한 믿음뿐이다. 그것이 시작이고 도달해야 할 궁극의 목표가 아닐까 한다.

나만 알 수 있는 비밀이지

쇼펜하우어는 "사랑은 없다. 사랑이란 종족을 만들고 보존하며 퍼뜨리려는 생물학적 본능에서 기인하는 순간적 감정"이라고 정의한다. 쇼펜하우어는 이성 간의 관계에서만 사랑을 찾으려 하기 때문에 사랑은 없다고 정의한다. 더구나 이성 간의 관계 역시 동물적 본능 즉, 종족 보존의 본능으로 끌어 내림으로서 감정의 교류 속에서 이루어지는 아름다운 모든 정신 활동을 가치 없는 것으로 전락시킨다.

인간의 진화는 이미 동물과 구별되고 인간 스스로 그 구별을 정당화하여 자랑스럽게 내세우는 또 다른 생산 활동에 참여하고 있다. 종족의 번식을 위한 물질적 생산 활동뿐만 아니라 인간을 동물과 구별 짓는 정신세계의 생산 활동을 끊임없이 확장해 나간다. 나는 쇼펜하우어의 '감정'을 대상을 향해 다가가는 과정에 있는 길이라고 정의한다. 사랑은 실재를 향한 실천이다. 대상을 향해 다가가는 여정에서 설렘과 희열과 불안과 긴장과 아름다움을 경험한다. 이 과정 또한 사랑이다. 실재를 사랑하는 일보다 이 과정에서 느끼게 되는 감정 안에 인간이 추구하는 아름다움의 진수가 담겨있기 때문이다.

사랑의 포문을 여는 것은 끌림이다. 이미지나 직관, 실루엣을 통해 상대를 편집하고 상상하여 자신이 원하는 모습을 기대하게 한다. 그러나 영원토록 변치 않을 것 같던 사랑으로 결혼을 하고 아이를 낳고 삶을 살아가다 보면 사랑이라고 생각했던 감정들은 어디로 증발했는지 찾아볼 수가 없다. 사랑의 실재에 다다른 것이다. 모든 환상의 꺼풀들이 사라지고 실존하는 나의 연인이 그 자리에서 부스스한 얼굴로 바라보고 있다. 우스갯소리로 표현한다면, 방귀를 튼 정도가 된다면 그 사랑의 대상 앞에 도달한 것이 아닐까? 이제야 진짜 사랑을 할 준비가 된 것이다.

10년 전까지만 하더라도 죽기 전에 "불꽃같은 사랑 한번 해 보고 싶다."라는 말을 달고 살았다. 불꽃같은 사랑이란 감정과 실재가 결합하는 최고의 순간을 말한다. 두 사람의 물질적, 정신적 결합이며 서로 다른 세계가 하나의 세계를 이루는 과정이다. 서로 다른 대립물이 일체를 이루며 하나가 되는 순간을 의미한다. 숭고한 합일 과정이다.

이 순간은 동물적 본능을 포함한다. 새로운 생명의 가능성을 내포하고 있다. 그러나 이 순간은 지속할 수 없다. 모든 사물의 결합은 새로운 대립의 시작으로 이어지기 때문이다. 그래서 확장된 '나' 안에 다름을 존재시키는 것이다.

내 생애의 사랑은 이러한 순간이 허락되지 않았다. 한창 사랑의 호르몬이 뿜어져 나올 20대에도 사랑이라는 것을 할 수 없었다. 청춘남녀가 모여 있는 대학 시절에 누군가를 좋아하고 누군가로부터 관심을 받는 일이 왜 없었겠는가? 그러나 그냥 사람에 대한 좋은 감정 이상으로 해석할 수가 없었다. 아무리 나에게 호감을 표현하고 관심을 보여와도 "난 널 사랑해."라고 말하지 않는 이상 나에게는 다른 사람과 똑같은 위치에 있었다. 나 또한 사랑의 대상을 향해 다가가는 방법을 몰랐다. 그냥 또 그렇게 존재하는 것이었다. 29살까지 많은 사람을 사랑했지만 쇼펜하우어의 사랑(순간적 감정)에는 다다르지 못했다.

29살이 되어 첫사랑을 했다. 그러나 그 사랑은 과정 위에서 끝이 나고 그의 실재에 다가가지 못했다. 우리는 너무도 다른 세계의 삶을 살고 있었기 때문이다. 그의 삶을 나의 삶에 포함하지 못했으며 나 또한 그의 세계에 포함될 수 없었다.

첫사랑은 나의 끌림에서 시작된 것이 아니라 상대의 끌림에서 시작되었다. 그는 스님이었다. 친구들과 울릉도 여행 중에 기상 상황 악화로 배가 묶이게 되면서 만나게 된 인연이다. 그가 나를 처음 봤을 때 나는 너무 경직되어 있었다고 한다. 얼굴은 강한 의지로 굳어 있었고 분위기는 무거웠으며 사내처럼 절제되고 곧은 자세가 눈길을 끌었다고 한다. 그는 나에게서 일종의 연민을 느낀 것 같다. 그가 나에게 다가온 이유는 나를 강제하고 있는 어떤 껍데기 같은 것을 벗겨주고 싶은 마음이었다고 한다.

그의 모습은 햇볕 따스한 봄날 담벼락 밑에서 딱지치기를 하는 남자아이 같았다. 깔깔거리는 웃음소리가 유난히 청량한 사람이었다. 나에게 연화심이라는 법명을 지어 주었지만 한 번도 불교 신자가 되라고 권유한 적은 없다. 다만 "다음 생에 같이 수행자가 되어 나란히 걸어보자. 참 즐거울 것 같다."라는 말만 되풀이하곤 했다.

그가 나를 만나러 올 때는 늘 좋은 차와 책을 가지고 왔다. 나에게 글을 쓰라는 것이다. 나의 편지를 읽을 때마다 글쟁이가 되었으면 좋겠다고 생각했다고 한다. 글쓰기에 관련된 책을 열심히 사다 주었지만 나는 그 책을 한 권도 읽지 않았다. 독서를 즐기지 않는 이유도 있었지만, 작가가 된다는 것이 내 삶과 연결될 것이라는 생각을 해 본 적이 없었기 때문이다. 귀한 책들은 책장을 장식하는 그럴싸한 장식품이 되어 나를 만족시켜주고 있었다.

"네가 얼마나 예쁜데? 사내아이처럼 보이는 네가 이처럼 부드럽고 순수한 아이인 줄 누가 알겠나? 나만 알 수 있는 비밀이지."

그가 1년에 두 번씩 나에게 해 주던 말이다. 나는 29살이 되어서 처음으로 사랑을 알았고 사랑을 배웠다. 그러나 그 사랑은 기다림이었고 언제나 그리움의 자리에 있었다. 나는 그 감정의 교류를 멈춘 시점에서 결혼하였다. 결혼은 과정 없이 실재에 다가간 사랑이었다. 그것은 마치 흐르는 강물을 막아 경작지로 수로를 틀어버린 것처럼 이루어졌다. 신은 내가 진짜 사랑을 배우기를 원하며 미리 판을 짜놓은 듯했다.

사랑으로부터 자유로워질 것

　남편을 소개로 처음 만났을 때 나는 만남을 주선해 준 지인을 원망했다. '도대체 나를 어떻게 보았기에 이런 사람을 소개해 준 거야? 내가 시집 못가 안달 난 노처녀로 보이는 거야?'

　31살 초여름이었다. 내 앞에 앉은 사람은 순박하고 성실해 보이는 남자였다. 그러나 그 이상도 이하도 표현할 것이 없었다. 그를 두 번째 만나는 자리에서 우리는 인연이 아니라고 분명히 말했지만, 그는 나에게 꾸준하게 호감을 표현하며 자신이 할 수 있는 최선의 노력을 다했다. 그리고 절망하며 삶의 중심을 잃기 시작했다. 출근도 마다한 채 며칠째 술에 절어 집 앞을 배회하던 그를 마주했다. 그의 삶의 질서가 무너져 가는 것을 바라보는 것이 안타까웠다. 그리고 자신이 원하여 손을 내민 사랑으로부터 소외되는 그의 모습이 나의 무의식을 자극했다.

　　"가진 것 없고 배운 것 없는 사람은 가정을 꾸리고 싶은 소박
　　한 꿈마저 가질 수 없는 거예요?"

나는 그가 절망하기를 바라지 않았다. 그리고 그가 바라는 것은 누구나 꿈꿀 수 있는 것이며 그것을 이룰 기회는 모든 인간 앞에 동등하게 주어진 것이라고 알려주고 싶었다. 그리고 그 순간에 나는 자신이 있었다. 그가 최소한의 자격은 갖추었다고 판단했기 때문이다. 자신의 삶을 성실하게 마주할 거란 직감이 나의 자신감을 부추겼다.

　"아뇨! 꿈꿀 수 있어요. 그게 꼭 나여야 한다면 결혼해요. 한
　번 만들어 보죠. 그 꿈."

나의 선택은 인간에 대한 사랑에서 시작되었다. 그리고 나의 무의식이 그의 꿈에 편승해 따뜻한 '사랑'을 내 것으로 만들어 보고 싶다는 숨은 의도를 감추지 못했다.

결혼 후 몇 년이 지나서 그에게 물었다. 왜 나한테 그렇게 목숨 걸고 매달렸냐고. 그는 나를 놓치면 안 될 것 같은 강한 느낌에 서로 잡혔다고 한다. "학교는 어디 나왔어요? 월급은 얼마나 돼요? 모아둔 재산은 있나요?" 이런 질문을 하지 않은 여자가 처음이었다고 했다. 그는 자신의 상처를 건드리지 않고 묻어둘 수 있는 여자를 필요로 했다. 하나의 꿈을 바라보는 시선이 정반대의 방향에서 달려와 마주한 것이다. 나는 무언가를 이루어 보려 했고, 그는 내가 아무것도 묻지 않기를 바랐다.

불과 몇 년 전의 일이다. 한밤중에 그에게서 전화가 왔다. 내 꿈을 꿨다는 것이다. 그리고는 고백을 했다.

"당신은 당신의 이상형에 꼭 맞는 사람을 만나면 언제든 날아가 버릴 것 같아."

"뭔 소리야? 한밤중에! 젊어서 날아갈 수 있을 때는 양쪽 날개 다 꺾어 놓고, 다 늙은 지금 날아가긴 어딜 날아가?"

윽박지르며 그를 안심시켰지만, 마음이 매우 아팠다. 가슴에 불안감을 느끼고 살아왔을 그가 행복이란 것을 느낀 적이 있었을까? 그도 자신의 선택에 대한 혹독한 대가를 치르고 있었다. 불안과 고독을 느끼며 나와는 다른 대가를 견디는 중이었다.

나는 25년간 한 가정의 가장이었으며, 직장인이었고 엄마였으며 아내이고 며느리였다. 때로는 삶이 버거웠다. 심할 때는 내가 이 집에 노예로 팔려 온 것인가 싶은 마음이 들 때도 있었다. 그래도 가정이라는 틀을 깰 생각은 한 번도 해 보지 않았다. 내가 그를 선택한 이유가 그가 가진 것 없고 배운 것 없어서라고 고백했던 순간에 있었기 때문이다.

한때 남편에 대한 불만이 많았다. 친구들을 만나면 남편에 대한 험담을 늘어놓느라 정신이 없었다. 그러면 친구는 늘 말하곤 했다. "너도 네 신랑을 사랑하고 있어."라고 말이다. 그때마다 "아냐 책임감이야!"라고 강력하게 저항했지만 지금 와서 돌아보면 사랑임이 분명하다. 왜 책임지려고 애쓰며 살았을까? 그를 포함한 나의 삶을 사랑하고 있었기 때문이다. 내 삶에서 그의 존재를 온전하게 인정하고 있었다.

이제야 신이 짜 놓은 '판'을 해독하게 되었다. 내 삶의 밑바닥에 깔려 있었던 어두운 그림자는 사랑의 결핍에 대한 나의 집착이었고, 그것이 삶을 선택하는 기준이 되었다. 그 선택의 의도에 숨겨진 의식하지 못하는 사실은 매듭의 고리를 푸는 열쇠였다.

첫사랑은 나에게 많은 것을 주었다. 내가 누군가에게 조건 없이 사랑받을 수 있는 존재임을 알려주었다. 그러나 나의 문제를 해결해 주지는 못했다. 그 사랑의 주체가 내가 아닌 상대에게 있었기 때문이다. 그러나 결혼을 유지해 가는 과정에서 나는 사랑의 주체가 될 수밖에 없었다. 내가 사랑하고 포용하지 않으면 결혼은 유지될 수 없었기 때문이다. 나의 선택을 후회하거나 회피하지 않고 정면으로 받아들이고 살아냄으로써 나는 실존의 존재로서 인간을 사랑해야 함을 알게 되었다.

나는 삶의 고통에 침잠해 들어가지 않았다. 내 삶에 나만의 의미를 부여하며 삶의 가치를 만들어 냈다. 그리고 상대를 있는 그대로의 존재로 바라볼 수 있을 때 인간에 대한 사랑이 가능해진다는 사실을 깨닫게 되었다. 내가 '사랑'이 됨으로써 사랑으로부터 자유로워졌다.

사랑의 유통기한 dd/mm/yy

권태기는 너무 일찍 찾아온다. 좀 더 환상적이고 몽글몽글한 감성에 젖어 사랑할 수 있다면 얼마나 좋을까? 아쉽게도 종족 번식의 의무를 다하고 나면 한 사람의 남자와 한 사람의 여자가 한 이불을 덮고 있다.

남편은 새로운 사랑을 찾아 기웃거리고, 아내는 친구들을 만나 쇼핑을 하거나 수다를 떨며 사랑이 떠난 자리를 다른 것으로 대신한다. 요즘 사람들은 애인 없는 남편이 없고, 애인 없는 아내가 없다는 말을 쉽게 한다. 물론 현실이 그렇다는 것은 아니다. 그런 말이 나올 정도로 사람들이 일반적인 현상으로 받아들인다는 말이다.

그런데도 바람피우는 남자는 왜 집으로 돌아오는 걸까? 여자는 죽네 사네 하면서도 새로운 사랑을 찾아 떠나지 않는다. '그놈이 그놈이고, 그년이 그년'이기 때문이다. 온전하게 사랑 중에 있을 때는 눈에 씐 콩꺼풀이 자신의 사랑만 특별하게 만들어 준다. 그러나 신선한 바람이 익숙해질 즈음에는 앞에 서 있는 연인이 집에 두고 온 그 여자, 그 남자와 별반 다르지 않음을 알게 된다. 이것이 나은가 싶으면 저것이 문제이고, 저것이 나를 채워주면 이것이 모자라는 '사람'이 있을 뿐이다.

아무리 새로운 사랑을 찾아 헤매도 사랑의 유통기한 뒤에 남는 것은 여전히 한 사람의 남자이고 한 사람의 여자임을 또다시 확인하게 될 것이다.

5년 전, 그러니까 마지막 직장이라고 생각하고 입사한 회사에서 심각한 일이 발생했다. 직원 한 사람이 퇴근 후 애인에게 달려가던 중 교통사고로 사망했다. 그는 아이가 셋인 30대 유부남이었다. 회사 대표는 이 일로 쓸데없는 책임감에 사로잡혔다.

회사 대표는 보수적이고 어른들이 말하는 반듯한 사고방식을 가진 사람이다. 어느 날 남자 직원이 수화기 너머로 여성의 목소리를 흘리며 사무실 밖으로 황급히 나가는 모습을 보고 꼬치꼬치 캐묻는 것이다.

"누구야? 여자 목소리던데. 수상해. 이상한 전화는 안 된다!"

자라 보고 놀란 가슴 솥뚜껑 보고 놀라는 격이었다.

"아휴. 사장님! 그냥 두세요. 사랑하고 싶고, 사랑받고 싶은
감정을 구속하는 것도 인간소외예요. 법으로도 구속하지 못
하는 사생활을 왜 사장님이 걱정하세요."

나의 도발적인 말참견에 기함을 토하던 그가 이제는 나에게 인
간적인 매력을 느낀다. 나는 형식적인 권위나 개인의 감정에 대하
여는 자유로운 편이다. 사회규범과 관습의 틀 안에서 바른생활 사
나이로 살아온 대표에게 매사에 도전적이고 거침없는 나의 태도가
낯설고 신선하게 느껴지는 것은 인간의 영혼이 모든 형식과 규범
으로 길들일 수 없는 자유로운 본성을 가지고 있기 때문이다.

물과 감정은 가둬 둘수록 작은 구멍에서 큰 힘으로 터져 나온
다. 흐르도록 둬야 한다. 강으로 바다로 대지로 또는 공기 중으로
흩어지며 제 갈 길을 알아서 흘러갈 것이다.
사랑하고 싶은 마음도 마찬가지이다. 신도 어쩌지 못하는 사랑
아닌가? 열려 있는 가능성 앞에서 자신의 마음이 흘러가는 것을
따라 선택하는 것이다. 그 마음이 마주치는 곳이 자신의 사랑이
고 삶이다. 성숙한 마음은 성숙한 사랑을 선택할 것이고, 서툰 마
음은 서툰 사랑을 선택할 것이다. 자신이 선택한 사랑의 가치는

자신의 삶으로 돌아온다.

인류 역사가 결혼이란 제도를 만들어 내고 지금까지 그 방법이 유지되어 온 것은 어쩌면 그것이 삶과 사랑을 가꾸기 위한 최선의 방법이었기 때문일 것이다. 사람들은 결혼 앞에 어느 때보다 신중하다. 정말 사랑하고 있는지 몇 번을 되뇌어 보기도 하고, 잘 살 수 있을지 여러 가지 조건을 확인한다. 그리고 선택한 결혼이다. 그렇게 신중하게 선택하고 영원을 약속한 사람이라면 살아볼 만하지 않을까? 사랑이 뭔지도 모른 채 결혼하고 평생을 살아낸 부모들이 있다. 그들 사이에도 살 만한 이유가 있었다.

독서 모임을 하며 만난 한 작가의 이야기가 재미있다. 그녀는 부모님의 사이가 좋지 않아 어려서 많은 영향을 받았다고 한다. 아버지의 도박과 외도 때문에 불행한 삶을 사시던 어머니가 "니들 때문에 산다."라고 말씀하시며 한숨을 내쉴 때마다 자신이 부모에게 짐이 되는 것 같아 마음에 상처를 받았다고 한다. 엄마처럼 살지 않겠다고 다짐하던 그녀는 지금 이혼 준비 중이다. 그런 그녀를 향해 75세가 되신 아버지가 이렇게 말씀하신단다.

"그렇게 싸우고 지지고 볶으며 살아왔어도, 네 엄마를 제일 사랑한단다. 이혼이 상책이 아니야. 한 번 참고 살아 봐라."

그녀는 다시 부모가 원망스러웠다고 한다.

"그럴 거면 왜 진즉에 사랑하며 살지 못한 거야? 나는 참고
살면 안 될 것 같아 이혼하려고 하는데. 인제 와서 두 눈에
하트를 날리고 계시면 나 보고 어쩌란 거야?"

그녀는 늙으신 부모님이 서로를 향해 보내는 눈길을 보며 내심
뿌듯함과 자랑스러움을 느끼는 듯했다. 그것이 사랑 아닐까? 서
로의 삶이 되어가는 것. 그녀의 부모님도 세월 속에서 서로의 삶
이 된 것이다.

우리가 사랑이라고 착각하는 것은 분홍빛 안개 속의 실루엣이
다. 그것이 유통기한이다. 사실은 안개가 걷힌 뒤 알몸뚱이의 사
람을 만나는 것이 사랑의 시작이다. 사랑해서 만나는 것이 아니
라 만남을 통해 사랑하게 되는 것 아닐까? 살면서 사랑을 배우는
일. 공유의 삶을 함께 만들어가며 그 삶을 살아가는 사람의 모든
것들을 알아가는 일. 사랑은 안개 속에 그려 넣는 분홍빛 상상이
아니라 삶 속의 사람을 만나는 일이다.

유통기한 없는 사랑을 하고 싶다면 사람을 사랑하고, 삶을 사랑
할 일이다.

섹깔 : 너의 색이 말을 한다

직원들과 점심 식사를 마치고 회사로 돌아왔다. 그날은 구내식
당을 이용하지 않고 해물짬뽕으로 미각세포의 지루한 일상을 달
래주기로 했다.

"어머! 부장님. 이게 얼마 만이예요? 저 기억하시겠어요?"

오래전 전 직장에서 내 업무와 관련하여 도움을 많이 주었던 분
이 1층 접견실에 앉아 있었다. 15년도 훨씬 넘은 일이다. 나는 그
때 구매 관련 일이나 거래처에 필요한 서류 작성 문제로 외부 인
물들과 접촉이 많았다. 뭘 잘 몰랐던 때라 누군가의 도움은 나에
게 커다란 힘이 되었고 감사한 기억으로 남아 있었다.

"아! 어떻게 여기 있어요? 잘 지내고 있어요?"

그는 잠깐 기억을 더듬고 이내 나의 존재를 알아차렸다. 우리는
차를 마시고 옛날이야기를 하며 어색했던 분위기를 예전의 자연
스러운 관계로 되돌려 놓았다.

"시간 남아서 뭘 할지 모를 때 호출하세요. 저 요즘 안 바빠
요."

그의 업무 특성상 한두 시간을 할 일 없이 기다려야 하는 경우가
많이 있었으므로, 그에게는 그런 시간이 곤욕일 수 있었다. 나는
그날의 짧은 재회를 반가운 마음으로 끝냈다.

며칠 후 그에게서 연락이 왔다.

"지금 회사 와서 업무 처리하고 대기 중인데 괜찮으면 차나
한잔 해요."

회사 앞 공원에서 우리는 차를 마시며 이런저런 사는 이야기를
나눴다. 그리고 일상적인 이야기가 어느 정도 마무리 되어가자
그가 자신의 이야기를 털어놓았다. 나를 향한 의도를 드러내는
이야기였다.

"지난주에 집에 가서 곰곰이 생각해 봤어요. 서로 마음이 통
하는 사람들이 있죠. 많은 사람이 성생활에 만족하며 살지
못해요. 서로에게 집착하지 않으면 문제 될 것도 없어요. 사
실 오늘 좀 쉬어갈까 생각하고 왔어요."

나는 아주 많이 당황했지만, 티 내지 않고 그의 이야기를 모두 들어주었다. 그는 그동안 많은 여자와 쉽게 마주치고 성에 대한 유희를 즐겼다고 한다. 의외로 그런 만남을 추구하는 성인들이 많다는 것이다.

이야기를 들으며 나에 대해 점검을 하지 않을 수 없었다. 그가 이런 말을 이렇게 쉽게 할 수 있는 이유가 뭘까? 나에게 그런 의도가 숨겨져 있었나? 그와 내가 마주칠 수 있는 코드의 색깔이 그런 것이었나?

나는 사람을 만날 때 남자와 여자를 구별하지 않는다. 그리고 모두에게 열린 마음이다. 나를 이끄는 것은 인간적 매력이다.

사실 그에 대해서 참 괜찮은 사람이라고 생각했었다. 점잖은 이미지에 느릿하고 낮은 목소리가 모든 것에 여유 있는 가치관을 가지는 것처럼 느껴졌다. 생김새도 이목구비가 뚜렷하고 당당하여 비밀스러운 것을 즐기는 사람이라고는 상상할 수 없었다.

"오랫동안 가족과 떨어져 생활하시니까 이해해요. 그럴 수 있죠. 그렇지만 그렇게 소모적인 관계 말고 따뜻한 사랑을 하셨으면 좋겠네요. 아무튼, 죄송해요. 제가 오해를 살 만한 행동을 했네요. 요즘에 저처럼 인간관계에 개념 없이 들이대는 여자는 없죠? 저는 정말 순수한 마음이었어요."

얼마 후 그와 함께 차를 마실 기회가 한 번 더 있었다. 그가 계속 자신의 안부를 전해 왔고 그것에 확실한 태도를 밝힐 필요가 있었다. 그가 민망해하지 않도록 최대한 배려하며 자연스럽게 대화를 나누었다.

"오늘 제가 부장님의 카사노바 생활에 대해 인터뷰 좀 해도 돼요? 솔직하게 우아함의 바닥에 숨겨진 실생활 좀 공개해 주세요. 인간적으로 궁금해요."

내가 예상했던 것 이상으로 보편적인 현상이었다. 그는 그것을 대부분이라고 표현했고, 자신이 그런 만남을 시도했을 때 실패한 적이 없다고 했다.

사회적으로 불륜이라 말하는 어른들의 사랑놀이를 전면 부정하지는 않는다. 그러나 그것이 보편적 사회현상으로 인정된다고 하더라도 사람들 사이에서 그렇게 쉽고 가볍게 다뤄질 줄은 몰랐다.

남자들의 성적본능을 사회적으로 해결하기 위해 매춘행위를 암묵적으로 인정해 줬던 시대도 있었다. 청량리 588이나 파주의 용주골은 남녀노소를 불문하고 모르는 사람이 없던 시대이다. 대중의식이 진보함에 따라 이제는 자취를 감췄지만 해소할 수 없는 본능적 욕구들을 개인적 이성의 통제에 맡기기에는 한계가 있다.

나는 불행하게도 중성적인 인간이다. 생물학적으로 남성호르몬 과다분비를 진단받은 적이 있다. 그 때문에 성적 욕망에 대한 본능을 이해하기가 쉽지 않았다.

남자라는 동물에게 있어서 성적 욕망은 형벌과도 같다고 한다. 그런 성적 욕망이 이끄는 육체를 이성적 통제에 호소하기에는 한계가 있다는 사실을 우리 집고양이에게서 배웠다. 발정 난 암고양이가 몸을 비비 틀고 이 구석 저 구석으로 돌아다니며 괴로워하는 모습을 보았다. 그리고 저것이 '옥녀'의 본능인가? 하고 그 느낌을 이해한 적이 있었다. 고양이는 불쌍해 보일 정도로 본능에 휘둘리며 괴로워하고 있었다.

옳고 그름은 판단의 문제이니 그런 본능에 이끌리는 삶을 이해하는 것에서 이성적 사고의 기능을 제한할 수밖에 없다.

"사람들은 그런 성적 관계를 통해 내적 충만함을 느끼나요? 일회적이고 소모적인 관계잖아요. 남자들은 특성상 그렇다 하더라도 여자들은 정서적으로 만족할 수 없을 것 같은데요."

"똑같아요. 여자들이 더 적극적으로 다가오는 경우도 많아요. 생각보다 부부관계에 만족하지 못하는 사람들이 많아요. 그런 만남을 통해 일시적이지만 생활의 활력을 느끼기도 해요."

"부장님은 그런 사회현상을 어떻게 생각하세요? 윤리적 기준에서 본다면?"

"당연히 가정에 문제를 일으키지 않는다면 문제없다고 봐요. 대통령이라고 본능적 욕구에서 자유롭겠어요? 대통령이라는 공적 위치가 문제 될 뿐이지. 모르면 아무 일도 없는 거예요."

이번엔 인식의 문제이다. 사실 모르면 아무 문제는 없다. 알지 못한다고 있는 사실이 없어지는 것도 아니다. 아무튼, 모르면 자신의 가치관 문제 이외에 아무 일도 발생하지 않는다.

친구가 남편의 외도로 이혼하겠다고 난리를 부린 적이 있다. 친구는 이성적이고 대단히 논리적인 사람이다. 반면에 남편은 감성적이고 섬세한 사람이었다. 내가 알기로 남편은 아내에게 대부분 생활방식을 맞춰 주었고 또 존중하며 살았던 것으로 기억한다. 친구의 남편은 외도 초년생이라 얼마 가지도 못하고 들켜버렸다.

"그깟 일로 무슨 이혼이야? 너는 남편한테 그렇게 난리 칠 만큼 잘했냐? 그런 일로 이혼했으면 나는 열두 번도 더 이혼했겠다."

"이건 잘하고 못하고 문제가 아니야. 기본적인 신뢰를 무너뜨린 거야. 너 같은 사고방식이 사회적으로 문제를 만드는 거야!"

친구에게 호되게 꾸중을 들었다. 부부는 성관계의 신뢰가 우선으로 지켜져야 하며, 그것이 깨졌을 때는 결혼 생활의 본질에 대해 다시 점검해야 한다는 것이 그녀의 논리였다.

어른들의 성에 대한 인식은 그냥 하나의 사회적 현상으로 바라볼 수밖에 없는 일 아닐까? 그것에 대한 태도는 부부들만의 문제이고 그들만의 기준으로 판단할 수밖에 없다. 내 인생에 성에 관한 문제는 별로 중요하지 않다. 그것이 내 삶을 바꾸는 원인이 될 수 없으므로, 이 문제를 그냥 현상으로 바라보려고 한다. 개인들의 가치 기준이 판단할 것이고 삶을 바꿀 것이다. 다만 일반화된 현상의 이면이 궁금할 뿐이다.

한 남자의 뜬금없는 접근이 어른들의 성생활에 대해 정리할 기회를 주었다. 그동안 이런 문제에 대해 심각하게 생각해 본 적은 없었다. 사랑에 대해 글을 쓰려고 하는 찰나의 당황스러운 만남은 하나의 글감을 제공해 주고 끝이 났다.

그때 나는 알았다. 옷은 숨어서 벗는 것이 아니라
넓은 벌판에서 그대로의 알몸을 드러내는 일이라는 것을.

2장 '천국'

: 초원 위에서 신을 만나다

자유, 해방과 고독 사이의 어디 즈음

6년 전 몽골 여행을 한 적이 있었다. 난생처음 계획한 여행이었다. 갱년기의 예민함 때문이었는지 모르지만, 그 당시 나는 아주 혼란스러운 상태였다. 계산하지 않고 열심히 살아온 삶의 끝에 다가오는 배신감들로 인해 나는 어떤 상실감에 빠져 있었다. 또 나에게 늘 숙제로 남아 있던 남편에 대해서도 객관적 존재로 바라보며 재정리할 필요가 있었다. 여러 가지 이유에서 나는 이번 여행에 특별한 기대를 했다. 물론 모든 것은 내 심장의 은밀한 곳에서 이루어졌다. 50대 초반의 아줌마가 갱년기라는 시간을 핑계 삼아 내면의 유혹에 당당하게 대답한 일일 수도 있다.

몽골에서 극한의 상황을 경험하고 싶었다. 철저하게 혼자 놓여 있는 자신을 경험하고 싶었고, 육체적 고통의 신음에 젖어 탈진하고도 싶었다. 누군가에게 도움도 청할 수 없고, 더 떨어질 바닥도 없는 한계상황에서 다시 일어서고 싶었다. 그것은 어쩌면 현재 나의 불만과 갈등이 얼마나 사치스러운지를 확인하고 싶은 마음이었는지도 모른다. 그런 상상의 상황 속에서 목욕하고 나오면 살 수 있지 않을까? 내 안에 찌꺼기처럼 남아 떨어져 나가지 않는 사람과 사랑에 대한 불신을 그곳에서 살가죽과 함께 뜯어내고 싶었다. 삶에 대한 애착과 하루하루의 끼니를 소중하게 느낄 수 있는 펄떡거리는 심장을 안고 돌아오고 싶은 마음이었다.

물론 나는 바보가 아니다. 나의 기대는 채워질 수 없는 일이란 것쯤은 안다. 그것은 생애 첫 장거리 여행을 앞두고 있었던 나의 상태였을 뿐이다. 그만큼 나는 불안정했었다.

여행 마지막 날 인솔 교수님이 던진 말이 있다. "여러분 중에 뭐 놓고 가는 사람은 없죠? 혹 정체성이라던가 말입니다." 교수님은 농담처럼 한마디 던졌지만, 나는 그 질문을 왜 했는지 알 것 같았다. 나는 정체성을 놓고 온 것이 아니라 내게 정체성이 없었다는 사실을 깨닫고 왔다. '나'라고 생각했던 허상의 아집을 내려놓으니 홀가분했다. 그것은 몽골초원 어디선가 바람에 실려 떠다니다 끝내 사라질 것이다.

여행은 자유의 대명사다. 이때 자유란 해방과 고독 사이의 어디 즈음에 위치하게 된다. 모든 관계의 구속으로부터 해방되고, 나 홀로 세상을 대면하는 일이다. 여행하는 동안에는 자신의 내면세계가 세상을 향해 아무런 제약을 받지 않고 그대로 노출된다. 있는 그대로의 내가 있는 그대로의 세상과 교감하는 것이다.

나는 그곳에서 자연을 향해 대담하게 다가갔다. 상상해보라. 하늘과 맞닿는 지점까지 아무런 걸림돌 없이 초원이 펼쳐지고, 그 위에 내가 자유로운 영혼으로 서 있다면, 누가 그 위대한 자연과 나를 구분하겠는가? 나는 그때 자연 앞에 동등한 자격으로 다가섰고 그것의 일부가 되었다. 그 순간이 되면 모든 것들과의 교감이 이루어진다. 바람과 사막과 푸른 초원의 꽃들과 하나가 되는 순간이다. 불안하고 뾰족했던 정신들이 그 속에서 정화되고 치유되는 과정이다.

사랑이란 있는 그대로의 모습으로 교감하는 일이다. 있는 그대로의 모습으로 자신을 바라보는 일이 자신을 사랑하기 위한 첫 번째 걸음이다.

우리는 사회적 구속으로부터 주어진 역할과 관념으로 인해 모든 것들을 있는 그대로 바라볼 힘을 잃게 된다. 사랑의 감정을 상실하는 것이다.

여행이 주는 가장 큰 의미는 이러한 걸음의 시작이 될 수 있으며, 비교적 쉬운 방법으로 자신을 대면할 기회를 제공한다는 것이다. 여행을 좋아하고 즐기는 사람들은 자신을 사랑할 줄 아는 사람이다.

길을 따라 달리는 이유

몽골에서 내가 처음 만난 자연은 길이다. 길을 달리다 길을 만났다.

사방이 푸른 초원이다. 초원 위로 드러난 붉은 흙길을 따라 질주했다. 목표 지점 엉깅사원까지는 250km 남겨둔 상태였다. 덜컹거리면서도 해방감의 시원한 함성을 지르며 신나게 달리다 보니 멀리서 산만한 언덕이 다가왔다. 언덕은 온통 푸른빛과 부드러운 곡선으로 이루어진 한 폭의 그림이었다. 어느 대단한 화가의 그림이 병풍처럼 우리의 앞길을 막고 있었다. 언덕 너머의 세상은 전혀 알 수 없었다. 그러나 그 병풍을 뚫고 두 줄기의 길이 여전히 이어져 있었고, 우리는 그 길을 따라 언덕 너머의 세상으로 질주해야 할 판이다. 그림 뒤에 펼쳐진 세상이 어떠할지는 모른다.

길 위에는 예측 가능한 풍경도 새로운 희망의 기대도, 반전의 스릴도 있다. 그 모든 것들을 가슴에 안고 길 위를 달렸다.

"오지항아리 위에 도공이 그려 넣은 그림 같지 않아요? 항아리를 빚고 마지막에 손가락을 휘날려 그려놓은 문양 말예요."

교수님은 언덕을 가르며 매끄럽게 이어진 흙길을 가리키며 말했다. 그 길에는 의도와 계산이 들어있지 않았다. 항아리를 빚느라 집중했던 도공의 영혼이 빠져나와 항아리 위에 완성의 점을 찍으며 자유의 춤을 춘 것이다.

초원 위의 길은 누군가 땅이 생긴 모양을 따라 지나가며 생겼을 것이다. 그리고 또 누군가가 그 흔적을 따라 여행을 했을 것이다. 그리고 이제는 길이 되었다.

"교수님! 왜 길을 따라 달리는 거예요? 사방이 평지인데 초원 위로 달려도 되잖아요."

나는 궁금증이 생겼다. 이 넓은 초원 위에서 길을 따라 달리는 것이 오히려 더 불합리하게 느껴졌다. 덜컹거리며 엉덩이를 흔들어 대기는 매한가지고, 오히려 흙먼지를 날리며 뒤따르는 차량에 방해만 될 것 같았다. 방향을 따라 세 대의 차량이 나란히 달려도 무리 없어 보였다. 오히려 구불거리며 길을 따라가느니 직선거리로 달리면 더 빠르지 않을까?

"몽골 사람들은 초원을 아주 소중하게 생각해요. 함부로 짓밟는 것을 용납하지 않습니다. 이 초원이 그들의 삶의 터전이잖아요."

초원 위의 길은 서로를 위한 배려이고 약속이다. 함께 살아가기 위한 말 그대로의 길이다. 그러나 우리는 길 위에서 부딪히고 갈등하며 산다. 서로의 생존을 보장받기 위한 배려와 약속이 아니라 자신의 생존을 쟁취하기 위한 싸움터가 되었다. 길 위의 여행은 잊힌 지 오래다.

하늘에도 길이 있고, 가상의 공간에도 길이 있다. 인간은 다양한 길을 만들며 생존의 방법을 찾는다. 그러나 그 길 위에는 공존의 방법이 설계되어 있지 않다. 많은 갈등과 상처의 시체들을 헤집으며 앞으로 나가고 있을 뿐이다.

때로는 길을 잃기도 한다. 한낮의 햇살이 비치는 날에도 길을 잃는다. 오히려 훤하게 드러난 길이 발걸음을 멈추게 할 때도 있다. 만취한 사내의 얼굴을 향해 벌떡 일어서는 콘크리트 바닥처럼 길의 의미가 심장으로 날아드는 날. 그럴 때 나는 길 위에 서 있게 된다. 그리고 어둠 속으로 기어든다. 길을 찾기 위해 어둠을 찾는다.

초원 위에서 알몸이 되다

엉깅사원 캠프에 도착했다.

오늘은 별을 볼 수 있으려나? 여행 내내 빗방울이 오락가락하여 몽골 고유의 쾌청한 날씨를 만나지 못했다. 몽골 여행에서 빼놓을 수 없는 것 중의 하나가 주먹만 한 별빛 속에 갇히는 것이다. 어둠이 짙어지는 시간까지는 꽤 많은 시간이 남아 있었다. 나는 술을 한잔하며 기다리기로 했다.

"교수님! 보드카 한 잔 안 해요?"

여행 내내 다 함께 모여 앉아 진솔한 대화를 나눌 기회가 없었으므로 모두 기뻐하며 술자리를 만들었다.

"뭐라고 딱 꼬집어 말할 수는 없지만 상란 씨에게는 낮은 턱이 있어요. 사람들은 말하지 않아도 그것을 느끼는 거지요. 이 초원 위에는 어떤 칸막이도 턱도 없잖아요. 그래서 우리를 편안하고 자유롭게 해 주지요."

인문학 독서 모임의 식구들이 나에게 거리감을 느낀다는 것에 대한 교수님의 의견이었다. 목구멍으로 넘어가는 보드카는 싸르르하니 너무도 선명하게 뜨거운 맛을 보여 주었다.

"1시에 별 볼 거죠? 그동안 바람 좀 쐴게요."

혀 놀림이 어눌해지는 것을 느낀 나는 겔을 나왔다. 술 취한 모습을 보이기 싫었다.

낮에 겔에 도착하면서 보았던 강의 물소리가 어둠 속에서 선명하게 들려 왔다. 나는 강과 겔 사이에 자리를 잡았다. 내장 속으로 퍼지던 뜨거운 맛이 입과 콧구멍으로 쉴 새 없이 뿜어져 나왔다. 내 몸의 가죽 속에 갇혀 있던 생각과 감정들이 모든 구멍을 뚫고 밖으로 빠져나오는 것 같았다. 나는 그대로 초원 위에 내려 앉았다. 그러자 갑자기 울음이 쏟아져 나왔다. 처음엔 맥없이 흐르던 눈물이 점차 거세지더니 결국은 통곡으로 번져 나갔다. 주체할 수 없이 터져 나오는 울음은 '하아' 하고 큰 숨을 쉬고 계속해야 할 만큼 걷잡을 수 없었다.

남편이 내 가슴에 이렇게 깊이 박혀 있었는지 이때 처음 알았다. 처음엔 사랑해주지 못한 것에 대한 미안함이 쏟아져 나왔고, 그런데도 도무지 사랑할 수 없는 사람이라는 사실이 너무 가슴 아팠다. 이성과 감정 사이의 거리가 나를 존재의 늪으로 몰아넣었다. 그러나 절망은 아니었다. 나의 운명이고 나의 일부라는 사실을 받아들이고 있었다. 초원은 의식의 경계를 허물어 나를 초원 위에 풀어 놓았다.

초원 위에서 알몸이 되었다. 강물 소리와 바람과 하늘의 별, 그리고 별빛에 빛나던 키 작은 꽃들 속으로 온전하게 들어가는 순간, 나는 옷을 벗고 있었다. 초원은 아무 말 없이 어떤 수치심도 주지 않고 나를 빨간 몸뚱이로 만들어 버렸다. 옷을 벗어 던지자 남편도 나와 같은 알몸이 되어 옆에 서 있었다. 그도 두꺼운 옷을 껴입고 답답한 한숨을 쉬었을 것이다. 그도 나의 턱을 넘지 못하고 내 언저리에서 혼자 외로워했을 것이다.

그때 나는 알았다. 옷은 숨어서 벗는 것이 아니라 넓은 벌판에서 그대로의 알몸을 드러내는 일이라는 것을. 추위를 두려워할 필요는 없다. 나도 모르는 사이에 바람이든 별이든 꽃이든 무엇인가가 나를 감싸고 있을 테니 말이다.

어두운 언덕을 향해 걸어갔다. 하늘은 차가운 공기 속에서 더욱 영롱하게 빛을 냈다.

별빛은 다른 빛을 피해 숨는다. 우리는 별빛을 찾아 어둠으로 들어갔다. 빛에서 멀어질수록 별들은 눈앞으로 성큼성큼 다가왔다.

빛 속에서는 빛을 볼 수 없다. 사물들이 지혜의 눈을 가린다. 그러나 어둠 속에 침잠해 보라. 오로지 한 줄기 빛이 내가 가야 할 길을 알려준다. 신이 고통을 주고 어둠을 내리는 이유는 지혜의 빛을 보여 주기 위함일지도 모른다. 빛을 머금고 빛인 양 빛나고 있는 많은 사물과 사건들은 오히려 마음을 눈멀게 한다. 가장 어두운 곳에 있을 때 가장 영롱한 별을 찾을 수 있다.

"우리가 한 장소에서 볼 수 있는 별의 숫자가 2천 개 정도라고요?"

아직 알코올 기운에 젖어 있는 혀를 가능한 한 정확하게 움직이려 애쓰며 말했다. 옆에서 함께 하늘을 올려다보는 일행들에 대한 미안함을 풀어보고자 하는 허튼수작이었다.

우리는 교수님의 손가락 끝을 바라보며 북두칠성을 찾고 카시오페이아를 찾고, 북극성을 찾았다. 은하수는 하늘 중앙에 머리를 풀어헤친 연기처럼 길게 늘어서 있었다.

나는 언덕 위에 누워 은하수를 바라보았다. 팔을 뻗어 휘저으면 금방이라도 그릴 수 있는 크기의 은하수에 별이 천억 개 이상이라니. 또 천억 개의 별을 가진 은하가 2조 개가 있다니. 숫자로는 가늠할 수 없는 크기의 상상하는 것조차 불가능한 우주가 눈앞에 펼쳐져 있다.

별빛 사이로 우주의 공간이 까맣게 뻗어 있었다. 우주는 까맣다. 어둠 속에서 별이 빛난다. 나는 태양이 빛나는 밝은 세상이 나의 세상인 줄 알았다. 매일 밤, 별을 보면서도 내가 어두운 세상에 살고 있다는 사실을 몰랐다. 태양은 저 어두운 우주에서 작

게 빛나는 별이다. 저렇게 많은 별이 빛을 내고 있는데도 우주는
온통 까만 공간으로 가득 차 있다.

나는 둥둥 떠서 그 공간으로 날아가는 기분을 느꼈다. '우주는
지금도 팽창하고 있다지?' 별빛 사이로 날아올라 우주 미아가 되
었다.

'아, 이것이 우주로구나. 광년이나 숫자의 우주가 아니라 실재
하는 무한의 공간.'

그 느낌을 자각하는 순간 가슴속으로 자유의 바람이 밀려들어
왔다. 아무런 구속도 경계도 없이 무한대로 팽창하고 있는 이 공
간이 허허로움이 아닌 포근한 안도감으로 느껴진 것을 나는 말로
설명할 수가 없다. 그냥 큰 호흡으로 이 우주의 일부가 되는 것이
내가 할 수 있는 것의 전부였다. 초원은 대지 위의 경계를 허물고
별들은 4차원의 경계 너머로 나를 데려다주었다.

여행자를 위한 신의 이벤트

몽골의 사막은 초원 한가운데에 있다. 푸른 향기가 흔들거리고, 희고 노란 꽃들이 춤을 추는 길을 따라가야 한다. 맑은 물이 흐르는 강 위의 나무다리를 건너 사막에 이르는 길이라니. 내가 사막으로 향하는 건지 신의 이벤트에 초대되어 가는 것인지 구분할 수가 없다.

사막은 초원 한가운데에서 반짝거리며 빛을 내고 있었다. 능선을 따라 켜켜이 쌓인 모래 결이 바람이 다녀간 흔적을 기록하고 있었다. 바람은 무엇인가를 리셋하기 위해 온 것 같다. 모든 흔적을 지워내고 고스란히 자신의 발자취만 남겨 놓는다. 그것이 신에게서 부여받은 그의 임무이다. 앞선 여행자들의 발자국은 이미 삭제된 상태이다.

나는 온갖 포즈를 취하며 사진을 찍고 해방감의 함성을 지르며 춤을 추었다. 모든 것이 허락된 곳이다. 발밑은 이미 사막이 아니다. 나의 미친 해방감이 형체 모를 깊은 웅덩이를 만들며 바람의 흔적들을 부숴 놓았다. 그러나 걱정할 필요가 없다. 나의 미친 놀이가 끝나면 바람은 다시 불어올 것이며 모든 것을 원래의 상태로 복구할 것이기 때문이다.

초등학교 때부터 관계를 맺어 온 친구들을 만났다. 이 친구들과는 어린 시절의 추억과 감성만이 존재할 뿐 어떤 이해관계나 이성적 판단이 개입되어 있지 않다. 그래서 언제 만나도 생각 없이 좋기만 하다. 우리는 너무 오랜만이라 별거 아닌 이야기에도 깔깔거리며 수다를 떨어댔다.

"옛날로 돌아갈 수 있다면 언제로 가고 싶니?"

누구나 한 번쯤은 이런 질문에 답해 본 적이 있을 것이다.

"보통 고등학교 때로 돌아가고 싶다고 말하잖니? 야! 야! 나는 더 바라지도 않고 결혼식 전날로만 돌아갈 수 있어도 좋겠다."

정화가 꿈같은 이야기를 하며 코웃음을 내뱉었다. 그녀는 남편과 별문제 없이 잘살고 있다. 실제로 그녀는 남편과 둘만의 데이트를 할 때는 아직도 설렘이 있다고 한다. 그런데도 결혼 전날로 다시 돌아가고 싶다고 말한다.

그러나 우리 앞에 타임머신이 도착해 다시 한번 기회를 준다면 누가 탑승할 것인가? 생각보다 많지 않을 것이다. 자신이 힘겹게 살아낸 흔적이 아무리 보잘것없을지라도 지우고 싶어 하지는 않는다. 적어도 나는 그렇다.

우리에겐 '바람(願)'이 있을 뿐이다. 고비사막의 '바람(風)'은 원하지 않는다. 그 바람은 실수나 상처뿐만 아니라 내 삶과 추억마저 묻어버릴 것이기 때문이다. 거짓과 위선이 없는 삶이라면 그것은 내 몸과 마음을 다해 진심으로 살아낸 역사이다. 초라함과 화려한 성공의 외적 기준이 그 가치의 가늠자가 될 수는 없다.

'바람(風)'은 '바람(願)'이 아니라 여행자를 위한 신의 이벤트였을 뿐이다.

구속을 받아들이다

바람의 자유는 어디에서 오는 걸까?

바람의 영혼은 경계가 없다. 초원 위의 권력자다. 드넓은 대지의 생명을 관장한다. 자애로운 몸짓으로 뜨거운 태양의 열기를 식혀주기도 하고, 땅의 바닥까지 내려와 존재의 유한한 의미를 무너뜨리고 꽃과 풀들이 춤추는 영혼으로 거듭나게 한다. 바람은 초원의 생명이 꿈꿀 수 없는 강과 호수와 만년설의 이야기를 전해주며, 미지의 세계에 대한 그리움을 달래준다.

그러나 초원 위의 바람은 때로는 냉혹하다. 신의 가까이에 태어난 생명의 특권을 자만과 욕심으로 그르치지 않기를 바란다. 햇빛을 향한 다툼을 허락하지 않으며 드넓은 대지에서 키 높이 경쟁을 용서하지 않는다. 바람은 초원의 생명이 높은 곳에서 낮게 살아갈 그들의 숙명을 가르치며 초원이 제 본질에 충실하도록 조율한다.

여행 셋째 날 욜링암 계곡 입구에 도착했다. 계곡으로 들어오는 길은 지금까지의 길과는 사뭇 달랐다. 초원 대신 바위산이 길옆으로 높이 서 있었고, 산 위에는 향나무들이 낮게 깔려 옆으로 자라며 그 뿌리의 영역을 넓혀가고 있었다. 산 아래쪽으로는 여전히 한 뼘 높이의 풀과 들꽃이 자리를 차지하고 있었다. 이곳에서도 키 높이의 자랑은 금지된 일이다.

우리는 말을 타고 얼음계곡까지 들어가기로 했다. 말들의 들판에서 말을 타고 초원을 내려다보며 넓은 대지의 주인이 되어 보고 싶기도 했다. 그러나 많은 여행객은 걸어서 가는 길을 선택했다. 발바닥의 세포까지 계곡으로 가는 길의 아름다움을 느껴 보고 싶었을 것이다.

안쪽으로 들어가자 얼음으로 채워진 계곡이 나왔다. 기온이 가장 높은 7월의 한가운데에서 얼음계곡을 만난 것이다. 계곡이 높고 깊어 얼음으로 차가워진 공기가 빠져나가지 못하고 다시 주저

앉아 얼어 버리는 것이다. 그래서 이 계곡은 늘 겨울이라고 한다.

초원을 관장하는 바람은 자신의 임무가 끝나면 이곳으로 와서 제 몸을 닦는다. 권력자로서 휘두르던 칼을 접고 얼음계곡 안에 갇히게 된다. 바람이 다시 초원으로 날아갈 때까지 얼마의 인고를 버텨야 하는지는 아무도 모른다. 대지 위에서 휘둘렀던 칼날에 새긴 뭇 생명의 메시지에 따라 달라지지 않을까?

욜링암은 바람의 감옥이다. 그의 권력은 대자연의 섭리로 만들어진 것이다. 아마도 초원의 생명은 자신들의 생존을 자율적 방식으로 유지해 나가는 것 같다. 자연의 일부로부터 통제당하고 또 대자연의 연합을 통해 그 권력을 통제하기도 한다.

자유롭게만 느껴졌던 바람은 얼음계곡에 들어와 차가운 구속의 시간을 감내해야 하며, 그가 치러야 할 형벌은 자연 일부에 구속되는 것이다. 나는 고비사막 위에서 그의 운행일지를 보았다.

자유의 대명사 바람마저 자신의 자유를 얻기 위해 치러야 하는 대가가 있다. 철저하게 자연의 구속을 받아들이는 일이다. 하물며 자연으로부터 분리되어 온갖 구속과 관계를 만들며 살아가고 있는 '나'는 자유를 꿈꿀 수 있을까?

'자유는 구속을 받아들임으로써 얻어지는 특권이다.'

욜링암의 계곡을 빠져나온 한 줄기 바람이 그렇게 속삭이며 대지를 향해 날아갔다.

미련을 미련스럽다 말하지 않음은

우리는 늘 꿈을 꾼다. 그 꿈은 유년 시절의 놀이터에서 시작하여 60을 향해 달려가고 있는 내 나이에도 여전히 지속하고 있다.

꿈은 언제나 손닿아 잡을 수 없는 거리에 존재한다. 눈으로 판독하여 설명할 수 없음에도 늘 상상하여 그릴 수 있는 거리를 유지하며, 그곳에 도달하기 위해 몇 걸음을 가야 할지 계산할 수 없음에도 달려갈 희망을 놓을 수 없는 만큼의 거리에 존재한다. 그래서 꿈은 목표나 구체적 계획으로부터 구분되어 다루어진다.

그러나 분명한 것은 그것이 우리의 삶에 에너지를 공급하며 희망을 품을 수 있는 아름다움을 선사한다는 것이다. 꿈은 때로는 구체적 목표로 성큼 다가와 실체를 드러내기도 하고, 때로는 깨어나는 순간 사라져 버리는 환상에 불과할 때도 있다.

카라코룸을 향한 길 위에 있었다. 목초지와는 다르게 성긴 풀들이 겨우 생명의 가능성을 유지하고 있었고, 뾰족하게 갈라진 작은 돌멩이들이 넓은 대지 위에 산재해 있었다. 이곳도 사막이라고 부른다고 한다. 고비사막에서 보았던 금빛 모래알의 몽롱한 꿈은 없다. 척박한 땅 위로 흙먼지가 날릴 뿐이다.

며칠간 계속된 일정에 피곤하였는지 운전석 옆자리에서 백 선생이 잠에 취해 있었다. 서윤과 나는 신기루가 나타나길 기다리며 여전히 오프로드의 덜컹거림을 즐기고 있었다.

"백 선생님! 이제 거의 다 와 가요. 저기 호수 보이시죠? 저기에 가서 수영하고 갈 거예요. 물 구경 좀 실컷 하자고요."

초원의 지평선을 따라 호수인 듯 바다인 듯 희뿌연 물그림자가 눈앞에 펼쳐졌다. 우리는 기다리던 신기루의 실체에 감탄하며 백 선생을 골려주었다.

"오우! 이렇게 물이 귀한 곳에서도 저리 큰 호수가 다 있군요."

잠에 취한 눈을 비비며 백 선생은 정말 수영이라도 하고 갈 요량인 듯 환영의 실체에서 쉽게 깨어나지 못했다. 우리의 수다는 이미 물놀이를 하는 사람들처럼 깔깔거리며 신기루 속으로 빠져

들었다.

　신기루 현상은 빛의 굴절 현상 때문에 생겨나는 것이다. 이미 젊은 날 교과과정에서 질리도록 듣던 이야기이다. 그러나 현상의 실재를 앞에 두고 누가 과학적 분석을 이야기하겠는가? 며칠 동안 계속된 사막 위의 여정에서 빛의 굴절이 무슨 의미가 있겠는가?

　우리의 인생이 고단해지는 것은 몰라서만은 아니다. 알면서도 혹시나 하는 희망을 버리지 못하는 미련 때문이기도 하다. 그러나 나는 그 '미련'을 미련스럽다고 말하지 않는다. 미련은 긍정에 대한 믿음이 크기 때문이고, 지금, 이 순간의 감정에 충실하기 때문이다. 그런 나는 늘 신기루를 따라가며 고단한 삶을 만들어가는 미련퉁이이기도 하다.

　삶은 분석 가능한 물질이 아니라 늘 변화하는 사람들의 이야기이다. 그 때문에 나는 미련퉁이를 좋아한다. 신기루를 따라가는 과정에서 인간은 스스로 신기루의 실체를 만들어 내기도 한다.

낙타의 눈물

몽골 여행 중에 낙타를 타볼 기회가 있었다. 카라코룸에서부터 울란바토르로 향하는 여정에 있었다. 그 일정은 여행이 아니라 관광이라고 해도 크게 틀리지는 않는다. 카라코룸은 도시가 형성되어 있는 곳이라 근처에는 많은 트래킹 장이 상업화되어 있다. 낙타를 타려는 여행객들이 순서를 기다리며 머물 수 있도록 겔을 제공하고 먹을거리를 내주었다.

"어머! 어머! 내 낙타는 왜 이래? 애는 너무 늙었나 봐!"

일행 중에 막내였던 20대 아가씨의 호들갑스러운 목소리가 울려 퍼졌다. 우리는 모두 약간의 두려움이 섞여 있는, 그러나 아이들처럼 순수하게 자신의 느낌을 그대로 목소리에 담아내고 있는 그녀를 보며 배꼽을 잡고 웃었다.

낙타의 혹은 나이가 들수록 힘이 없어지고 물러진다고 한다. 그녀가 올라탄 낙타의 앞쪽 봉은 밀가루 반죽을 세운 듯 완전히 옆으로 쓰러져 있었다. 모두 낙타의 앞 봉을 잡고 중심을 유지하는데 그녀는 봉을 잡는 것이 아니라, 쓰러진 봉을 다시 세워 주어야 할 판이었다. 어쨌든 우리는 시끌벅적한 웃음소리를 남기며 출발했다.

　내가 탄 낙타도 초원을 지나 작은 모래 언덕을 향해 천천히 걸어 갔다. 나는 낙타의 높은 등위에서 낙타가 걸음을 옮길 때마다 일렁거리는 리듬에 몸을 맡겼다. 이렇게 공중에 떠서 고즈넉한 상태로 초원을 바라보는 순간은 또 다른 느낌을 주었다. 그러나 온전하게 즐겁지만은 않았다. 출발할 때부터 낙타들이 거부의 몸짓을 보였기 때문이다.

　아침부터 몰려드는 여행객들을 쉴 새 없이 태워 나르는 일이 그들에게도 이제는 신물이 나는 모양이다. 하루에도 몇 번씩 똑같은 길을 반복하여 왕래하는 일이 어찌 사람에게만 힘겨운 일이라고 할 수 있을까? 낙타를 가이드 하는 사람들은 서로 교감이 통하는 낙타들끼리 짝을 지으며 출발 준비를 했다. 그래야만 지친 낙타들을 달랠 수 있기 때문이다. 그때 누군가가 '낙타의 눈물'에 대한 이야기를 던졌다. TV에서 다큐멘터리로 방송된 적이 있는 것으로 기억한다.

　낙타는 사막에 최적화된 동물이다. 5~6일 동안 먹지 않고 일할 수 있으며 한 달 이상 물을 마시지 않고도 견딜 수 있다. 발바닥은 사막을 잘 걸을 수 있도록 두껍고 부드러우며, 콧구멍은 모래 바람을 견딜 수 있도록 열었다 닫았다 할 수 있는 기능이 있다.

　이런 낙타가 출산할 때 새끼를 거부하고 젖을 먹이지 않는 경우가 있는데, 몸이 안 좋거나 심리적으로 불안할 때 종종 볼 수 있는 일이다. 이때 '마두금'이라는 악기를 연주하며 낙타를 달래준다고 한다. 낙타를 어루만지며 구슬픈 노래를 들려주면 낙타는 한참 동안 눈물을 쏟아낸 후에 새끼를 받아들인다고 한다.

　참 슬픈 이야기이다. 슬프다는 표현 이상의 것을 말하는 이야기이다.

　낙타는 척박한 사막의 환경에 태어나 적응하는 몸을 만들기 위해 자식에 대한 본성마저 잃어버렸다. 사막에 태어난 죄로 모성애를 묻어두고 생존을 선택하며 최적화된 육체를 만들어 온 삶이다. 그 깊은 곳에 푸르게 숨어 있던 모성애는 구슬픈 연주와 노래를 통해 위로받고 공감 받으며 자신의 고통 너머로 살아나는 것이다.

　그 이야기에 관한 내용을 모른다고 하더라도 커다란 눈동자에서 깊게 배어 나오는 초월한 고통과 슬픔을 느낄 수 있다.

　우리의 모성애는 온전한 것일까? 문명의 화려함에 눈멀고 상처받으며 심연 깊은 곳에 묻혀 있는 것은 아닐까?

　나는 낙타의 눈물을 타고 초원 위를 거닐었다. 그리고 인도 여인의 크고 깊은 눈동자를 떠올렸다. 인도의 푸른 영혼으로 들어가 보고 싶다고 생각했다.

푸른 영혼의 나라

나는 인도 사람들의 눈동자가 낙타의 눈빛과 닮았다고 생각했다. 장 그르니에의 《섬》이라는 책을 읽으며, 지독한 계급사회에 길들어 가난과 구속을 살아냈던 인도인들은 말할 수 없는 슬픔을 커다란 눈동자에 담아 두는 것만 같다. 그 세월을 담아내기 위해 깊은 눈동자가 될 수밖에 없었던 사람들.

사람들은 인도를 가난하지만, 영혼이 평화로운 나라라고 말한다. 그리고 물질세계보다 정신세계의 풍요로움을 추구한다고 정의한다.

인도에는 무엇인가 특별한 것이 있을 것만 같다. 그들은 가난의 고통과 구속을 벗어나기 위해 투쟁하거나 도전하지 않는다. 그것에 순응하며 받아들인다. 자신들의 물질적 결핍을 고통으로 여기지 않는다. 자신의 삶을 다른 것에 비교하지 않기 때문이다. 그만큼 그들의 정신세계는 내적으로 단단하게 연결되어 있다.

베르나르 베르베르는 인도는 모든 에너지를 흡수하는 나라라고 표현했다. 터키와 아프가니스탄의 회교도들은 역대 왕조를 통해 인도를 침략했지만, 오히려 전투에 흥미를 잃고 인도의 풍습에 매료되거나 음악, 문학, 미술에 심취하였다고 한다. 19세기 초 영국인들도 무력으로 인도를 정복했지만, 인도를 흡수하지 못하고 '영국문화를 가진 작은 동네'를 확보하는 데 그쳤다고 서술하고 있다. 영(靈)의 장벽이 보호하는 나라라고 믿는다.

인도인에게 있어 종교는 내세에 대해 확신하게 하는데, 그것이 현실을 인내하는 수단으로 여겨지지는 않는다. 종교는 그들의 정신세계를 하나로 연결하여 집단 무의식의 에너지로 존재하게 한다. 그들에게 있어서 가난과 고통은 극복의 대상이 아닌 승화된 삶이다.

그들의 정신세계는 블랙홀처럼 하나의 지점을 향해 빨려들게 한다. 인도를 여행하는 여행자들은 그들에게서 느림의 미학을 배우고 물질세계의 허무함을 느낀다고 한다. 인도에는 문명 세계의 물질 에너지와는 다른 묘한 매력의 에너지가 흐르고 있기 때문이다.

나는 그들의 영혼을 '푸르다'라고 표현하고 싶다. 검디검은 삶이 농축되어 푸른 진주가 되어버린 영혼. 어둠 속에서 삶의 진리를 터득하는 사람들. 그들은 푸른 영혼이다.

나는 그것을 확인하고 싶다. 내 심장과 피부의 세포 하나하나가 그들의 삶을 무어라 이야기해 줄지 궁금하다. 다음 여행지로 인도에 가고 싶다. 나의 상상을 체험하고 싶다.

신도 눈을 감아야 할 시간

초원 위의 사랑은 어떻게 이루어질까?

유목민들은 겔에서 생활한다. 언제라도 이동할 수 있도록 쉽게 조립하고 해체할 수 있는 조립식 천막이다. 하나의 천막 안에서 부부와 아이들, 그리고 노부모들이 함께 생활한다. 부부가 사랑을 나눌 수 있는 아늑한 공간은 따로 제공되지 않는다. 때로는 부부의 성생활이 아이들에게 노출되는 일도 있다고 한다. 그러나 그들에게 성은 아주 자연스러운 일이다. 늘 보고 자라는 것이 말이나 양, 기타 가축들의 교미 행위이기 때문이다. 그들은 자신을 자연과 구분 지어 생각하지 않는다. 자연의 일부로 살아가는 사람들이다.

사랑은 은밀하게 이루어져야 한다. 그 은밀함이란 부끄러움도 아니고 인간의 원죄에서 비롯된 수치심도 아니다. 서로가 서로에게 집중하기 위한 자신들만의 시간과 공간의 영역이다.

끝없이 펼쳐진 푸른 초원 위에 올가가 꽂히면 사랑의 영역이 선포된다. '올가'는 목동들이 야생마를 포획하거나 길들이기 위해 사용하였던 것으로 사람 키의 두 세배 정도 되는 막대기 끝에 밧줄로 고리를 달아 만든 그들의 생존 도구이다. 목동들은 초원 위에 방목하는 가축들을 관리하기 위해 한 손에 이 올가를 들고 다닌다.

올가가 꽂힌 곳에서는 사랑 중이다. 누구도 근처에 얼씬거릴 수 없다. 수천 년간 지켜 온 유목민들의 불문율이다. 신도 눈을 감아야 한다. 하늘과 땅과 사랑의 에너지가 하나로 결합하는 순간이기 때문이다. 신의 아름다움이 창조되는 시간이다.

우리는 한 번쯤 생각해 볼 필요가 있다. 현대인들은 사랑의 장소에 올가를 꽂을 수 있는지. 은밀함을 위한 영역이 필요한 것인지, 비밀을 위한 영역이 필요한 것인지.

언제부터인가 사랑은 비밀스러운 행위가 되었다. 태초에 사랑은 새 생명을 탄생시키는 자연의 축복이었다. 꽃에 벌, 나비가 날아드는 현상을 보며 사람들은 아름다운 자연의 신비라고 이야기한다. 그런 현장을 목격하게 되면 사랑스러운 눈빛으로 한 컷이라도 더 사진에 담으려고 애를 쓴다. 그런데 동물의 교미 행위에 대해서는 눈살을 찌푸리는 이유는 무엇일까?

어렸을 때 할머니는 동네 개들이 교미하는 장면을 보면 물을 끼얹어 쫓아버렸다. 암캐를 임신시키기 위해 짝꿍을 찾아주면서도 말이다. 할머니의 눈에는 그 장면이 생명을 잉태하기 위한 자연스러운 일로 보이지 않았다. 수치스럽거나 불쾌한 감정으로 연결되기 때문이다.

할머니의 할머니 그리고 또 그 할머니의 할머니를 통해 전해 내려오는 사랑은 아름답거나 자연스럽지 않았던 적이 많다. 때로는 폭력이 되었고 거짓이 되었으며 인간의 존엄성을 바닥에 떨어뜨리는 행위가 되기도 했다. 종교는 아담과 이브의 이름을 빌려 원죄의 이름을 붙였으며, 역사는 사랑의 본질을 멀리 지구 밖으로 던져버렸다.

나는 그것이 부당하다고 생각했었다. 그러나 다시 한번 생각해보면 원죄일 가능성도 존재한다. 쾌락에 대한 욕망이 인간의 본능에 있기 때문이다. 사랑의 행위가 죄가 될 가능성이 본능에 존재한다는 것은 그만큼 자연으로서의 사랑이 어렵다는 말이 될 수도 있다.

인간에게 있어 진보란 자연으로부터 멀어지는 일이다. 사랑은 애초의 본질이었던 생명의 창조와는 관계없는 일처럼 되어버렸다. 여성이 임신과 출산으로부터 자유로워지면서 자연으로서의 마지막 연결고리를 끊어버린 셈이다. 그래서 나는 사랑을 쾌락이나 욕망과 구분하여 인식한다.

사실 은밀함이나 비밀을 운운하는 것은 말장난에 불과하다. 하지만 욕망의 노예가 되어 사랑을 쾌락과 유희의 도구로 전락시키는 것은 참으로 슬픈 일이다. 올가는 없더라도 사랑의 신성함은 지켜져야 하지 않을까?

인간은 모든 관계를 거부할 권리가 있다.

그러나 괴로움에 얼굴을 찌푸리면서도 그 삶을 거부하지 않는다.

3장 '교감'

: 낯선 감정, 낯익은 느낌

내일의 죽음이 오늘의 삶을 넘어서지 못함은

8년 전 초겨울 아침 기온이 제법 쌀쌀한 날이었다. 나는 돼지를 실은 트럭을 따라 1km 이상을 서행하고 있었다. 출근길에 돼지를 실은 작은 트럭을 종종 마주치곤 했는데, 회사로 향하는 도로 우측에 돼지 도축장이 있었기 때문이다. 굽이진 2차선 도로라 추월할 수 없었으므로 트럭이 도로 우측의 도축장으로 사라질 때까지 돼지의 엉덩이를 쳐다보며 따라가야만 했다. 주둥이와 분홍빛 살갗 위로 하얀 김을 연신 뿜어내고 있던 돼지들은 트럭이 낮은 산을 끼고 모퉁이를 돌자 일제히 한쪽으로 쏠리는 몸뚱이를 지탱하느라 안간힘을 쓰고 있었다.

'몇 분 후에 죽을 목숨인데 뭘 그리 안간힘을 쓰며 버티고 있니?'

도살장을 향해 가고 있는 돼지들이 죽음을 목전에 두고도 쓰러지지 않으려고 애쓰는 모습을 보고 있자니 쓸데없는 생각이 피어오르기 시작했다. '돼지들은 태어난 사명이 뭘까? 어차피 식용으로 사육됐으니 포동포동 살을 찌워 잘 팔려 가는 것이 행복할까? 아니면 돼지우리에서 며칠이라도 더 버티면서 꿀꿀이죽을 먹는

것이 행복할까?'

그때부터 이 질문을 오랫동안 놓지 못하고 있었다. 출근길에 작은 트럭을 만날 때마다 하얀 돼지들의 엉덩이는 나에게 질문을 던졌지만, 나는 그 질문에 답을 하지 못했다.

어렸을 때도 비슷한 생각을 한 적이 있다. 하루살이가 극성을 부리는 여름날 초저녁이면, 등잔 밑에 모여든 하루살이들의 부지런한 날갯짓을 이해할 수 없었다. 그때마다 할머니는 "하루살이에게 하루는 사람들의 평생처럼 긴 시간이지."라고 말해 주었다. 하루를 아무리 긴 시간으로 상상한다 해도 어린 나에게는 내일 아침 빗자루에 쓸려나갈 등잔 밑의 시체더미밖에 떠오르지 않았었다.

쉰의 나이가 되어서도 열 살 때 품었던 궁금증과 똑같은 질문을 하고 있었다. 40년의 세월도 그 질문에 답하기에는 모자란 시간이었을까? 열 살 때 질문을 40년이 지난 쉰의 나이가 되어서 다시 물었고, 또 8년이 더 지난 지금 그 이야기를 다시 꺼내고 있는 것은 내가 풀어내야 할 숙제였던 것일까?

아이들의 순수한 질문과 망설임 없는 답에서 진리를 깨닫게 되는 경우가 있다. 삶이 던지는 질문은 아주 단순하고 쉬운 문제라는 사실을 말해 준다. 열 살 아이가 바라보던 하루살이의 삶과 죽음, 그리고 쉰의 나이가 되어 바라보던 흰색 돼지의 엉덩이가 던지는 질문은 하나였다. 죽음 앞에서 삶이 주는 의미.

삶과 죽음은 다른 세상의 일임이 분명하다. 몇 시간 후에 빨간 몸뚱이로 고깃덩이가 될 돼지들이 도축장으로 가는 길 위에서 중심을 잡느라 애쓰며 살아있음에 충실한 이유. 할머니와 내가 잠을 청하려 등잔불을 소등하고 나면 언제 날개를 접었는지도 모르게 머리맡의 시쳇더미로 쌓여 있을 하루살이들의 분주한 날갯짓. 몇 시간 후의 죽음과 몇 시간 전의 삶 사이의 거리를 다른 세상의 일처럼 멀리 떼어 놓는 경계는 무엇일까? 그 경계는 한 발짝 거리에 놓여 있는 바꿀 수 없는 결과를 현재와 무관한 일처럼 멀게 느껴지도록 만든다.

얼마 전 잊고 있었던 질문을 다시 떠올리게 되었다. 우연히 베르나르 베르베르의 《상상력 사전》이라는 책의 페이지를 넘기다가 보게 된 '돼지 이야기'가 잊고 있었던 질문에 답할 수 있는 실마리를 제공하였다.

프랑스 돼지고기 가공업자들은 돼지고기에 지린내가 배어 식용으로 판매할 수 없는 상황에 놓이게 되었다. 가공업자들은 이 문제를 수의학 박사이자 신경생물학자인 당체르 교수에게 의뢰하고 해결책을 찾아냈다고 한다. 오줌 맛이 역하게 나는 돼지들은 죽음을 의식하고 극심한 불안을 느꼈던 돼지들이라고 한다. 당체르 교수가 제시한 해결방안은 정신안정제를 투여하거나 돼지를 제 가족과 떼어내지 말라는 것이었다. 도살하려는 돼지를 새끼들 곁에 놓아두면 자신의 상황을 그대로 받아들이면서 스트레스를 받지 않는다고 한다.

이 글에서 해묵은 질문에 대한 답을 찾으려고 한다. 질문에 대한 키워드는 바로 '관계와 사랑'이다. 사랑으로 맺어진 관계는 하나의 세계를 이룬다. 이 세계 안에서 삶의 의미와 이유와 질서가 형성된다. 자신의 존재 이유가 만들어지는 것이다. 관계 밖의 질서는 자신의 삶에 대한 본질이 되지 못한다. 돼지는 목숨이 끊어지는 순간까지 이 힘에 이끌려 자신의 존재를 관계 안에 머물게 한다. 내일의 죽음이 오늘의 사랑을 넘어서지 못하는 이유다.

인간의 삶이란 것이 여름날 초저녁의 하루살이처럼 맥없이 사라지는 허무한 것인지도 모른다. 그런데도 관계를 맺고 사랑을 나눔으로써 하루살이와 다른 생명이 된다. 의미가 생겨나는 것이다. 특히 사랑으로 맺어진 관계는 가장 단단한 결속력을 가지고 있으므로 다른 세계의 질서에 의해 쉽게 파괴되지 않는다. 현존의 이유가 되는 것이다. 왜 세상의 언어가 온통 사랑으로 뒤덮여 있는지를 이제야 깨닫는다.

흰색 돼지의 엉덩이에 감정이입을 하며 질문을 할 때, 나는 나와 내 삶을 얼마나 사랑하고 있었을까?

나는 개미에게서 감정을 거둬들이기로 했다

30대 중반 즈음의 일이다. 아침저녁으로 아이를 업고 돌봄이 아주머니 댁에 들러 출퇴근하던 때이다. 지금 생각해 보면 직장 생활과 육아를 혼자 감당하기에 버거웠던 모양이다. 퇴근 시간이 되면 공장 담벼락에 기대어 멍하니 하루를 마무리하는 습관이 생겼다. 직장 생활을 끝내고 주부로 돌아가기 위한 숨 고르기가 필요했던 것 같다.

그렇게 푸른 작업복을 입은 직원들이 빠져나간 뒤 공장 담벼락에 등을 기댄 채 쭈그리고 앉아 있는 날이 많았다. 그렇게 앉아 있다 보면 머리는 따갑게 달아오르고, 모든 생각은 하얗게 바래진다. 그 순간엔 과거도 미래도 없고 그저 그 자리에 동그마니 앉아 있는 내가 있을 뿐이다. 그러한 습관과 같은 행위는 '날고 싶다'라는 느낌 때문이다. 그 느낌은 왜인지 무엇을 향해서인지도 모르고 그저 쫓기만 하는 본능처럼 나를 따라다녔다.

여느 날처럼 풀린 동공으로 발아래 땅을 주시하고 있었다. 그때 작은 움직임 하나. 그것이 나의 눈에 힘을 실어 주었다. 개미 한 마리가 부러진 나뭇가지 위에서 꿈틀거리고 있었다. 부서진 날개를 끌고 허우적거리는 몸뚱이는 살고 싶은 욕망으로 가득 차 있는 듯했다. 기다란 더듬이는 겨우겨우 가위질해대고, 앞의 두 다리는 허우적거리며 허공을 가르고 있었는데, 그 모습이 왜 그리도 서글퍼 보였을까?

날개 하나가 떨어졌다. '불쌍한 개미 결국엔 죽겠구나.' 또 하나의 날개마저 떨어졌다. 그래도 가녀린 몸짓은 멈추지 않았다. '아! 저렇게 기어서라도 살고 싶은가 보다.' 개미의 힘겨운 몸짓은 생명의 끈을 놓지 않으려는 본능처럼 보였다. 그런데 그 순간 개미는 날렵해졌다. 마치 커다란 짐을 벗어 던지듯 날개를 모두 떨어내고 쏜살같이 사라져 버렸다. 그의 뒷자리엔 떨어진 날개만이 가지런히 놓여 있었다.

머릿속에 소설 《개미》가 떠올랐다. 그러나 오래된 기억 속에서 눈앞의 상황을 설명하는 단서는 찾을 수 없었다. 나도 쏜살같이 집으로 달려왔다. 그리고 검색 창에 '개미'를 넣고 엔터! 나의 행동도 개미의 몸놀림처럼 날렵해졌다.

"수정란에 정자를 채운 여왕개미는 날개를 떨어 버리고 밀폐된 작은 방을 만들어 그 속에 들어간다. 불필요해진 날개 근육을 분해하여 유충에게 먹인다."

'그랬었구나! 혼인 비행을 마친 여왕개미였구나. 개미는 이제 굴속으로 들어가 열심히 알을 낳겠지. 자신의 임무를 위해 평생을 살게 될 거야. 개미도 그 굴속에서 아름다웠던 비행을 꿈꾸게 될까? 나는 왜 그것을 자연으로 보지 못했을까? 너도 자연이고 나도 자연인데 왜 서글프게만 바라보았을까? 너는 스스로 아름다웠을지도 모르는데, 어쩌면 너는 내 기억 속에서 영원히 슬프게만 남아 있었겠구나.'

나는 개미를 애처로운 시선으로 바라보았다. 개미의 날개가 떨어지는 것을 여왕개미의 추락이라고 생각했다. 그러나 이내 알아차렸다. 그것이 개미의 자연스러운 삶이란 것을. 날개는 혼인 비행을 위한 도구였을 뿐이다. 내가 날고 싶다는 막연한 동경을 꿈꾸고 있을 때 개미는 자신의 날개를 떨어내고 알을 낳기 위해 굴속으로 쏜살같이 달려갔다. 나는 개미에게서 감정을 거두어들이기로 했다.

여왕개미가 더 멀리 날고 싶어 했는지, 아직도 그 비행을 그리워하고 있는지 알 수 없다. 알 수 있는 것은 개미는 그렇게 집단을 이루고 산다는 것뿐이다.

완벽한 사랑의 실체

사랑 중에 가장 완벽한 형태에 가까운 것이 자식에 대한 사랑이다. 자식을 향한 부모의 사랑에는 우리가 지향해야 할 사랑의 모습이 담겨있다. 자식은 부모에게 있어 아낌없이 주는 나무이며 설렘이며 희망이다. 기다림이고 인내이다. 그뿐만 아니라 존재의 완전한 인정이기도 하다.

"작년부터 작은놈이 달라졌어. 전화통에 대고 뭐라는지 아니? 이제 엄마 아들 아니란다. 큰소리치며 엄마 아들 아니고 왕보현 남편이란다. 학교 갔다 오면 가방 내팽개치고 젖무덤부터 파고들던 녀석이 장가가더니 이젠 아들이 아니란다."

"엄마! 왜 그런 줄 알아? 마누라가 제 분신을 키워 줄 유일한 여자이기 때문이야."

설 명절을 보내고 친정에 들러 엄마와 언니들과 함께 늦은 밤까지 수다를 떨었다. 엄마는 막내아들과 통화하던 중에 들은 이야기가 가슴에 꽂혀 있었나 보다. 해바라기처럼 자신을 바라보던 막내아들의 시선이 다른 곳을 향한다는 사실을 받아들이기에 서운했던 모양이다. 엄마는 자신의 부모보다 자식에게 먼저 향해지던 마음은 잊은 듯했다.

부모에게 있어 자식이란 자신의 분신이다. 자식에게는 자신의 유전인자가 50% 전달된다. 이것은 단순한 염색체의 결합을 의미하지 않는다. DNA에는 생명의 본성에 관한 내용이 포함되어 있다. 즉 그들의 염색체는 영혼을 포함한다는 것이다. 오래전부터 전해 내려오면서 형성된 무의식의 세계를 지배하는 어떤 인자들이 포함되어 있다. 자식이 부모의 생물학적 특징뿐만 아니라 성격이나 기질까지 닮는 것은 동질의 정신적 에너지를 갖고 있다는 의미이기도 하다.

부모와 자식은 어떤 관계보다 밀접하다. 애정이 식어도 자식 때문에 산다고 말하는 부부가 많다. 자식은 두 사람의 육체적, 정신적 결합체이기 때문이다. 부부는 자식을 통해 끊을 수 없는 연결고리를 갖는다. 가족이 다른 관계에 비교할 수 없는 결속력을 가지는 이유이다. 결속력은 단순한 핏줄이라는 이유를 넘어 영혼을 공유하는 존재에서 비롯된다. 완벽한 사랑이 가능한 조건을 갖추고 있다.

그러나 운명적 결속은 완벽한 사랑의 조건이 되기도 하지만, 또 그 조건으로 인하여 사랑으로부터 가장 상처받는 영혼이 되기도 한다.

  우리는 일반적인 통념과 관습에 얽매여 산다. 자식에 대한 부모의 사랑은 늘 헌신적이어야 하고, 부모에 대한 자식의 도리는 세상의 진리요 불변의 법칙처럼 여겨져 왔다. 그래서 부모는 자식을 위해 희생을 강요당하고, 자식은 어떠한 경우라도 부모를 섬기고 보살피려고 노력한다. 지금 젊은 세대에서는 많이 달라진 이야기이지만, 50대를 살아가고 있는 세대에서 그것은 우리가 추구해야 하는 삶의 지향점이기도 하다. 그러나 누구도 그 진리의 이면을 객관화시켜 보려고 하지는 않는다. 사랑함으로써 가장 힘들게 하는 사람이 자식이 되고, 또 사랑으로 인해 가장 큰 상처를 주는 사람이 부모가 되기도 한다.

  아이에게 부모는 신이다. 신과 같은 사랑을 준다. 아이가 부모를 그대로 받아들이기 때문이다. 부모는 세상 전부이며 진리이다. 부모를 통해 경험하는 사랑과 선과 악과 가치가 아이의 기준이 된다. 한 인간의 정서적 상태는 부모가 신으로 존재할 때의 교감 과정에서 비롯된다. 그래서 신으로부터 상처받은 아이는 사랑받을 존재로서 자신의 가치를 상실하기도 하고, 삐뚤어진 사랑을 추구하기도 한다.

아이가 자라 청년이 되었을 때 부모와 자식 간의 갈등이 가장 고조되는 시기이다. 신의 세계를 부정하는 존재는 노여움을 사고, 자신의 가치관 안에 존재를 구속하려는 부모는 거부당한다. 존재들 간의 독립과 결속이 협상을 이루는 시기이다. 그러나 결국 자식은 분리되어 진다. '나'를 포함하지만 내 맘대로 할 수 없는 독립된 인격체가 된다.

부모 자식도 사람과 사람의 관계이다. 부모들은 "열 손가락 깨물어서 안 아픈 손가락이 어디 있느냐? 자식을 위해서라면 목숨도 내놓는 게 부모지."라고 진리처럼 말한다. 자식을 낳아서 키워보니 그 말은 사실인 것 같다. 내리사랑, 그 말 또한 반박할 수 없다. 어떤 경우에도 부모의 사랑을 넘어서는 자식의 마음은 없어 보인다. 그러나 이 일반적 통념은 드러나지 않을 때만 진리이다. 아이러니하게도 관념 속에서만 빛을 발한다. 어떤 경우에는 부모가 자식에게 가장 커다란 가해자가 되고, 평생 자식의 발목을 잡는 짐이 된다.

매일 뉴스를 통해 부모의 폭력에 대한 사실을 접하면서도 우리는 눈을 감는다. 나와 관계없는, 외계에서 온 특별한 사람들의 일인 것처럼 몇 번 혀를 차고 잊어버린다. 마음은 언제나 완벽한 사랑에 있기 때문이다. 그러나 부모의 그 완벽한 사랑은 자식으로부터 검증받아야 한다. 자식들은 부모로부터 헌신적인 사랑을 받은 적이 없다고 말한다. 그래서 "사랑은 주는 것이야."라는 말이 나온 것일까? 사랑한 사람은 많은데 사랑을 받은 사람은 많지 않다.

　가족이라는 결속이 혈연을 매개로 연결되어 있지만, 결국 사람과 사람의 관계이고 사랑의 내용에 관한 문제이다. 우리가 사랑이라고 말하는 것은 나의 분신에 대한 집착일 수도 있고, 사랑할 줄 모르는 부모의 폭력일 수도 있다. 사랑을 모르는 부모는 자식을 사랑 속에서 키울 수 없다.

　자식 농사는 마음대로 안 된다는 말이 있다. 왜 자식을 마음대로 하려고 했을까? 그만큼 자신과 동일시하려고 했기 때문이다. 부모는 자식이 성공하기를 바란다. 그리고 그것을 위해 모든 뒷바라지를 마다하지 않는다. 자신의 성공과 동일시하지만 결국 그 성공으로부터 소외되기 마련이다.

　가족은 사랑을 배우고 실천하는 가장 집약된 관계의 틀이다. 사랑이란 자신을 향한 마음처럼 관대하고, 남을 바라보듯 자유롭게 놓아주는 일이다. 완벽한 사랑이란 없다. 그것을 향해 노력하는 삶이 있을 뿐이다.

생존을 위한 질문

　만약 당신이 천국에 살고 있다면 무엇을 할지 상상해보라. 모든 것이 허용된 곳에서 내가 선택하는 일이 내 안의 내가 하고 싶은 일일 것이다.
　인간의 개별적 본성에는 유전적인 이유이든 어릴 적 경험으로부터이든 자신의 개성을 드러내고 싶어 하는 그 무엇이 있다.

　아주 오래전의 기억이다. 아마 30대 후반 즈음의 일일 것이다. 후배 동료와 차를 타고 이동하고 있었다.

　"S야! 너는 만약에 모든 것들이 갖추어지고 혼자 외딴곳에 있
　게 되면 무얼 할 것 같니? 먹을 것이며 입을 것이며 생존에
　관한 모든 것들이 무한대로 제공된다면 말이야."

　"글쎄요. 생각해 본 적이 없네요. 너무 괴로울 것 같은데요."

　"인간은 이상하게 아무것도 하지 말라고 하면 못산다. 끊임
　없이 무엇인가에 반응하며 가치를 만들어 내지. 하물며 놀기

만 하는 과정에서도 놀이를 개발하며 정신노동을 한다니까. 모든 제약으로부터 자유로울 때 하고 싶은 일이 진짜 자신이 원하는 일 아닐까?"

우리는 자신이 하고 싶어 하는 일이 무엇인지, 어떤 삶을 원하는지 알지 못하고 산다. 자신의 삶에 대하여 주인으로 사는 것에 익숙하지 않기 때문이다. 그것에 관한 생각조차 생략하고 배부르고 등 따뜻한 다른 세상 사람들의 일인 것처럼 치부해 버린다. 관계를 떠나서 존재할 수 없는 인간의 특성이 자신을 관계와 일치시켜 인식하는 것이다. 그러나 관계란 각각의 주체들이 만나서 조율하고 타협함으로써 이루어진다. 자신을 관계의 주체로 인식하지 못한다면 마치 책임과 의무에 인생을 저당 잡힌 것처럼 부당하고 억울한 생각이 들게 마련이다.

인간은 모든 관계를 거부할 권리가 있다. 그러나 괴로움에 얼굴을 찌푸리면서도 그 삶을 거부하지 않는다. 거기에 자신의 존재 이유가 있기 때문이기도 하고 새로운 도전에 대한 두려움 때문이기도 하다.

삶이란 온전한 외적 강제로 이루어지지 않는다. 그것은 범죄이다. 모두 자신의 선택이 개입된다. 선택의 시점에서 우리는 삶의 주인이다. 자신의 자유의지로 선택한 것이기 때문이다. 자유의지가 개입된다는 것은 그것을 꾸려나갈 의무가 있고 책임을 지는 일이다.

그러나 삶이 그렇게 녹록한 일은 아니다. 어떤 이유에서든 내 의지와는 다른 방향으로 비틀어지고 예상하지 못한 고통 속에 놓이게 된다. 그때 우리는 삶의 주인으로서의 자신을 포기한다. 모든 원인을 밖에서 찾고 누군가에게 책임을 전가하며 그것을 제거해 주기를 바란다. 그때 자신은 피해자가 된다. 자신을 책임자의 자리에서 피해자의 자리로 옮겨 놓는다.

우리는 천국에 살지도 않고 모든 것이 무한대로 제공되는 유토피아에 살지도 않는다. 생존을 해결해야 하고 관계들로부터 주어지는 책임도 회피할 수 없다. 그러나 자신이 그 삶을 선택했던 이유가 무엇이었는지, 무엇을 원하고 있었는지에 관한 질문은 놓지 않기를 바란다. 그 질문이 내 삶의 힘이 되고 자신을 키워나가는 원동력이 되기 때문이다. 그것이 자신을 사랑하는 일의 시작이다.

삶의 무게가 삶의 이유다

현대 사회의 많은 여성이 '나를 사랑하라', '나의 기준을 세워

라', '이혼은 신속하게', '혼자 살아가는 힘' 등 많은 주장에 힘을 실어 주며 독립된 주체로 살아가기 위한 도전을 하고 있다. 이러한 현상은 오랜 역사 속에서 상대적으로 구속되고 통제된 삶을 살아온 여성들에게 매우 의미 있는 일이다.

홀로서기에 성공하여 자유롭게 자신의 삶을 살아가고 있는 여성들을 동경하고 부러워한다. 그리고 그러지 못하는 자신을 또 질책한다. 그러나 자신을 위해 도전하고 새로운 선택을 하는 여성들의 성공 뒤에 숨은 고통이 무엇인지 알려고 하지 않는다. 그들이 이뤄낸 결과만 바라보기 때문이다. 그들의 홀로서기 과정에는 이혼 전에 감내했어야 할 고통만큼의 대가가 따른다. 그것을 겪어 내야만 비로소 자유로운 인격체로 다시 설 수 있다. 홀로서기 이후에도 생존과 관계의 책임에서 벗어날 수 없다. 오롯이 혼자의 힘으로 선택하고 책임져야 한다.

우리나라 한해 혼인 건수 대비 이혼율이 50%에 육박한다. 전체 혼인 유지 가구 대비 이혼 가구로 따진다면 12가구 중 1가구가 이혼한 가구라고 한다. 그나마 혼인 가구를 유지하고 있는 경우는 대부분 중년 이후의 세대가 아닐까? 결혼하는 비율은 점점 줄고 있고, 이혼하는 비율은 점점 늘어나고 있다. 대가족 시대에서 핵가족 시대로, 이제는 1인 가구 시대로 넘어가고 있는 현상이다.

여성들이 경제적으로 독립하지 못했을 때는 결혼을 당연한 삶의 과정이라고 생각했다. 그러나 이제는 경제적 독립뿐만 아니라 사회적 관념으로부터도 해방되고 있다. 자의적으로 구속이나 책임을 선택할 이유가 없어졌다. 그러나 그들이 행복한지를 묻는 말에 어떻게 답하는지 나는 모른다.

지구의 중력은 지구 위의 모든 생명을 존재하게 하는 이유이다. 삶의 무게는 인간의 자유를 구속하기도 하지만, 사는 이유가 되기도 한다. 모든 책임과 의무로부터 도망칠 수 있다고 가정해 보자. 자신의 존재가 어디에 있을까?

삶의 무게는 누구에게나 똑같이 적용된다. 그 무게를 달고 살아가는 주인의 힘이 상대적으로 무게의 경중을 다르게 느낄 뿐이다.

나를 사랑한다는 것은 삶 속에 자신을 구현해 내는 실천이다. 내면의 목소리가 현실에서 멀어질수록 삶은 무겁게 느껴진다. 삶의 무게가 삶의 이유가 된다는 사실을 인정할 때 자신을 사랑하는 일이 좀 더 구체적으로 보이지 않을까?

나는 한 가정을 책임지며 위로받을 곳 없는 고독한 삶을 살았지만, 묵묵히 책임을 다했다. 그러면서도 내 안의 알 수 없는 갈증에 대한 질문을 놓지 않았다. 독서 모임을 나가기도 하고, 글을 써보겠다고 끄적여 보기도 했다. 한번은 회사에서 사용하는 동관의 자투리를 주워다가 촛대를 만들겠다고 밤마다 사포질한 적도 있다.

물론 아무것도 이루지 못했다. 그러나 그것은 나에게 몰입할 수 있는 시간이 되었다. 삶이 나에게 짐처럼 느껴질 때 즐거움을 주는 행위가 되었고, 나를 재충전해 주는 시간이 되었다.

현실이 나를 외면하는 것 같은 상황이 온다고 해도 내 안의 소리에 귀 기울여야 한다. 지금 내가 있는 곳에서 나를 위해 할 수 있는 아주 사소하고 별 볼 일 없어 보이는 일에 정성껏 답하는 것이다. 그렇게 삶의 무게를 견디다 보니 이제 그 짐들이 내 사랑의 실체가 되었다. 내가 외면하지 않고 책임을 다해 가꿔온 삶이니 소중할 수밖에 없지 않은가? 지난 삶의 무게가 사랑을 준다.

우리끼리는 서로 말을 안해, 그냥 존재할 뿐이지

가을 햇살이 맑은 날이다.

운동화를 신고 집을 나섰다. 2km 이내의 거리에 있는 대형 할인점을 가기 위해서였다. 날씨가 쾌청하기도 했고, 구매할 물건이 사소한 것이라 산책 겸 걸어서 다녀올 예정이었다. 평소에는 가까운 거리임에도 장바구니가 넘치는 관계로 차를 움직여야만 했다. 오랜만에 걷는 걸음이라 그런지 괜히 기분이 상쾌하고 마음이 편안해졌다.

상큼상큼 걷다가 흰색 운동화가 노란색 꽃 앞에 멈추었다. 때늦은 민들레가 보도블록 사이를 비집고 나와 피어있었다.

"어머, 너 왜 여기에 있어? 지금이 어느 때라고! 네 친구를 잃은 거야? 길을 잃은 거야?"

김춘수의 꽃이 내게로 왔다.

"힘들었구나. 여윈 몸집과 작은 꽃잎을 보니 많이 힘들었던 게야! 그래도 용케 꽃을 피웠네. 그런데 어쩌지 이제 곧 추워질 텐데. 네가 찬 서리 내리기 전에 홀씨를 날릴 수 있을까? 다음 생에는 언덕 위의 꽃무리 옆에서 피어나렴. 혹시, 그럴 일 없겠지만 혹시라도 너의 걸음이 너무 더뎌 다음을 약속할 수 없거든 말이야…. 그래도 너무 슬퍼하지 마. 너는 꽃을 피웠고, 내가 너를 보며 감탄하고 있잖아. 그런데 너 참 인간적이다. 부실한 네 꽃잎이 너무 인간적이야. 여기까지 오느라고 너무 힘들었다고 말하고 있구나. 네가 탐스럽고 화려하게 피어있었다면, 나는 아마 별종이라고 그냥 지나쳤을 거야. 사랑스러운 민들레야! 끝까지 힘 내봐. 응원할게."

관계는 나 자신으로 들어갈 수 있는 문이다.

내가 나를 스스로 본다는 것은 쉬운 일이 아니다. 늘 내가 생각하는 나와 다른 이들이 생각하는 나 사이에 거리가 있다. "너 자신을 알라."라는 명제가 소크라테스의 입 밖으로 외쳐진 이후 인간의 역사 속에서 변함없이 외쳐지고 있는 이유이다.

나의 모습은 나와 관계된 사람이나 사물을 통해 인식할 수 있다. 거울에 투영된 모습을 보며 나의 외모를 확인하고, 다른 사람들과의 비교나 말과 시선을 통해 내가 예쁜지 또는 더 예뻐지고 싶어 하는지를 알게 된다. 좋아하는 사람들이나 싫어하는 사람들을 통해 타자에 관한 생각을 객관화하게 되고, 즐기는 음악과 책과 문화들을 통해 나의 취향을 가늠한다. 때로는 자연을 향해 반응하는 자신의 감정을 드러냄으로써 내 안의 정서적 상태에 잠기기도 한다.

내가 관계하고 반응하는 모든 일을 타자의 시선으로 바라보고 관찰하면 자신에 대한 그림을 좀 더 섬세하게 그려낼 수 있게 된다. 내가 저 사람의 어떤 매력에 이끌리고 있는지, 저 나무가, 저 꽃의 어떤 것이 나를 설레게 하는지 느낄 수 있다면 자연에 대한 내 영혼의 파장이 어디에서 진동하는지 알 수 있다. 밖의 세계와 관계하고 있는 자신을 관찰함으로써 내 안의 '나'에게 접근해 가는 것이다. 이처럼 사물은 자신을 외부로 표출하여 관계 맺을 수 있는 매개의 역할을 한다.

어떤 사람이 부정한 행위를 통해 많은 부를 축적하였다. 그것을 보고 부정행위에 대한 지적보다 부의 축적을 부러워한다면, 부에 대한 열망이 도덕적 기준보다 우위에 있는 것이다. 다른 사람의 불행이나 어려움을 보고 내가 조금 손해를 보거나 힘들더라도 도움의 손길을 베풀 수 있다면, 이기심보다 이타심에 더 크게 반응하고 있음을 알게 된다. 이러한 관계를 통해 반향 되는 나는 다시 내 안에서 확장된다. 그래서 어떠한 관계이든 긍정적 반향을 만들 수 있도록 행동해야 한다. 관계를 통해 나의 내적 성장이 이루어지기 때문이다.

관계는 나를 바라보기 위해 밖으로 나오는 문이다.

여러 관계 속에서 자리 잡은 자신을 발견함으로써 나의 역할과 의무가 무엇인지, 권리가 무엇인지 구분하여 인지할 수 있다. 가족 관계, 직장 관계, 친구 관계, 동호회 모임 등은 나를 구속하기도 하고 확장해 주기도 한다. 이러한 관계는 나의 의지로 선택되지만, 나의 책임과 의무를 통해서만 유지할 수 있는 구속력을 갖는다. 인간은 이런 관계를 통해서 자신의 정체성을 만들어간다. 나는 엄마이고, 딸이고, 아내이다. 나는 월급을 받는 직원이고, 친구들과 수다를 떨면서 즐거움을 느끼는 아줌마이다.

아무런 관계가 없는 나를 상상해보자. 나란 과연 무엇이고 누구인가? 자신을 혼자라고 생각하고 자연인으로 살아가겠다고 결심

하더라도 이미 여러 관계로부터 형성된 정보와 감정과 의식이 있다. 또 자연이라는 거대한 관계 속에 있다. 다만 우리가 선택할 수 있는 것은 관계를 다양하게 확장해 갈 것인가? 아니면 최소한의 관계로 축소할 것인가? 하는 것밖에 없다.

나란 존재는 여러 관계 속에 투영되며 규정된다. 그러나 이러한 관계를 어떻게 만들어 갈 것인가는 나의 의지와 힘에 달려있다. 내가 맺고 있는 관계의 속성이 어떤지를 바라볼 수 있다면 나 자신을 볼 수 있는 창이 생기는 것이다.

민들레를 뒤로하고 걸음을 옮기려는 순간 즐비하게 늘어선 벚꽃나무가 말을 걸어왔다.

"나도 외로워! 봄이 지나가면 사람들은 말을 안 걸어.
분홍빛 함성을 질러야 비로소 우리에게 말을 걸고 웃어 주거든. 사람들은 참 아이러니해. 꽃을 너무 빨리 지운다고 투정하면서도 봄비가 내리면 좋아해. 한여름에 태양을 피해 내 품에 안길 때도 말은 안 걸어. 오로지 분홍빛 대화만 즐기나 봐. 이렇게 나란히 서 있는데 뭐가 외롭냐고? 우리끼리는 서로 말을 안 해. 그냥 존재할 뿐이지. 우리는 사람들을 통해서만 말을 할 수 있었거든. 너무 오랜만에 만나는 사람이라 내가 투정이 심했네. 고마워 내 말을 들어줘서."

가을 햇살이 비치는 날, 민들레가 나의 꽃이 되었고, 나는 벗나무의 꽃이 되었다.

내 삶이 누군가에게 사랑이었다고

얼마 전 아들과 대화를 나누었다. 휴가를 마치고 광주에 있는 학교로 돌아가는 아들을 터미널까지 태워다 주면서 말을 걸었다.

"아들! 너는 공허해지거나 삶이 무의미해질 때가 없었니?"

대학교 1학년 때 늦은 사춘기를 겪으며 삶과 죽음의 경계를 구분하지 못하고 방황한 적이 있었다. 심장이 비어 있는 삶이 얼마나 무기력하고 가치 없는 일인지 알고 있었기 때문에 아들이 은근히 걱정되었다. 지금 23살이 되었지만, 그 녀석은 사춘기라고 할 수 있는 시기를 눈에 띄게 치러낸 적이 없었다. 그리고 아들의 유년 시절이 나를 많이 닮아 있었다는 것이 내심 마음에 걸려 있었다. 아들은 늘 혼자 있기를 좋아한다. 그리고 제법 깊이 있는 사색을 하는 편이었다. 자식의 지적 능력은 엄마의 유전인자를 따른다는 것이 나를 신경 쓰이게도 했다.

"코로나19 때문에 아무것도 할 수 없는 요즘 그런 생각이 조금 들기는 했어요. 그런데 사는 게 즐거우니까 그냥 살아보자 그렇게 생각하는 거죠. 뭐."

"너는 사는 게 즐겁니?"

"네, 즐거운데요. 특별히 무엇이라고 말할 수 없지만, 그냥 즐거운 마음이에요."

얼마나 다행스러운 대답이었는지 모른다. 늘 걱정되고 부족해 보이는 자식이지만 삶이 즐겁단다. 그러면 되는 것이다. 그 이상 뭘 바랄 수 있겠나? 내 눈으로 보았을 때 아들은 참으로 걱정스럽다. 게으르고 어리바리하고 손끝도 야무지지 못해서 무슨 일을 시키면 내 속이 먼저 터져 버린다. 그래도 자신은 즐겁다고 말한다. 스스로 만족하고 있다는 말 아닌가? 자신이 자신에게 긍정의 마음을 가진다는 것은 우리가 생각하는 그것보다 훨씬 위대한 힘을 가지고 있다. 자신을 믿고 신뢰할 수 있다는 것은 살면서 겪을 시행착오와 실패 앞에서 다시 일어서고 도전할 힘이 있다는 것이다. 자신에 대한 사랑과 믿음이 있는 것이다. 가끔 비슷한 말을 해서 나를 감동하게 한다.

"엄마 아빠가 나의 엄마 아빠여서 참 다행이에요. 충분히 사랑받고 있다는 것 잘 알아요. 이제 그만하셔도 돼요. 충분히 하셨어요."

추석 때 제 사촌 누나와 몇 시간 대화하고 나더니 뜬금없는 고백을 한다. 부모로부터 상처받은 일들을 푸념하는 사촌 누나의 뒷말을 듣다 보니 엄마, 아빠가 새삼 감사하게 느껴진 모양이다. 그러면 된 것 아닐까? 아들에게 나는 늘 부족하고 미안한 안쓰러움이 있지만, 아들은 충분하다고 느낀다. 자신의 삶에 감사하고 만족할 수 있는 마음이 자라고 있다. 그런 아이라면 남들이 말하는 성공은 아니라도 스스로 행복한 삶을 만들 수 있을 것이다. 뜬금없이 건네는 아들의 한 마디에 잘 살아온 것 같은 안도감이 들었다. 적어도 인간으로서 해야 할 한 가지 의무는 잘 수행한 것 같다. 앞으로의 삶은 제 몫인 거지.

아들은 내게 사랑이었다고 말해 준다. 내 삶이 누군가에게 사랑이었다고.

죽음 앞에 잠시 머뭇거릴 이유

목의 통증이 심해졌다. 몇 주 전부터 목의 답답함이 심해져 억지로 가래를 뱉어내다가 상처가 생긴 모양이다. 휴지 위의 맑은 가래에 실핏줄 터진 흔적이 함께 딸려 나온다. "아직도 담배 피우니? 빨리 끊어!" 건강을 염려하는 주변 사람들의 잔소리도, 국민의 건강을 위한다는 명목으로 담뱃값을 올리는 정부의 뻔한 명분도 내가 나의 건강을 보살피도록 강제하는 데는 실패했다. "뭘 얼마나 살겠다고. 이것저것 가려가며 스트레스받는 것도 싫어." 나이가 들면 삶에 대한 집착이 강해진다는데 나는 아직도 살날이 많은가 보다. 건강을 위해 노력하는 일은 무엇보다 게으르다.

죽음이 나에게 특별히 경계해야 할 대상으로 다가왔던 적은 없다. 어린 시절을 보살펴 주신 할머니의 장례식장에서 추도사를 낭송하면서도 나는 담담했고, 아버지의 죽음 앞에서 울고 있는 형제들을 보며 나의 맨송맨송한 눈이 이방인처럼 느껴지는 순간도 있었다.

나는 슬픔을 모르나? 이별이란 것에 특별한 감정을 느끼지 못하는 것인가? 나와 삶을 함께했던 사람들과 나 사이에는 슬퍼할 이유가 없을 만큼 아무것도 없었나? 아버지와의 관계가 사랑이 넘칠 만큼 애틋했던 적은 없었지만, 그렇다고 원망의 대상이었다거나 미워할 만한 이유도 없었다.

아버지가 폐암 말기 판정을 받고 마지막 날을 기다리시는 동안 병상 위의 아버지를 돌봐드리고 싶은 마음이 있었다. 그것이라도 해야 부모와 자식 간에 해야 할 무언가를 했다는 위안을 받을 수 있을 것 같았다. 그러나 아버지는 그런 기회마저 주지 않고 돌아가셨다. 다른 형제들은 한 번씩 죽음 앞에 발가벗겨진 아버지의 맨살을 씻겨 드리며 아버지와 딸의 관계를 확인했지만, 죽음을 유별나게 생각하지 않는 나에게는 그 기회마저 게으름에 뺏기고 말았다.

죽음은 나에게 특별한 것이 아니다. 늘 가까이에 있다. 며칠 전 고속도로를 달리다가, 그리고 지난밤에도 죽음에 대해 생각했었다. 교통사고가 나서 "나 죽는다."라고 말 한마디 남기지 못하고 사라진다면? 만약 내가 지금 돌연사한다면? 나는 무엇이 안타깝고 무엇이 아쉬울까? 하는 질문을 가끔 하게 된다. 무엇도 내가 세상에 미련을 갖도록 나를 사랑하지 않는다. 아니 내가 사랑하지 않는다. 유일하게 떠올릴 수 있는 것이 지금 속옷은 깨끗하게 입고 있나? 하는 질문이다. 왜냐하면, 나는 늘 팬티와 브래지어를 같은 색깔로 맞춰 입는 일에 소홀하기 때문이다. 혹시라도 나의 시신에서 옷을 벗기는 사람이 누더기 같은 옷 속에서 하얗게 색깔 맞춤 된 속옷을 보게 될 때, 나의 삶을 다르게 상상하게 될 것이기 때문이다. 죽음 앞에 준비해야 할 유일한 한 가지이다.

나에게는 죽음에 대한 두 번의 기억이 있다. 아직도 그 이유에 대하여 명확하게 설명하지 못한다. 그러나 그것이 내 삶의 전반에 끊이지 않고 연결되어 있다는 것은 짐작할 수 있다.

초등학교 시절 나는 할머니의 가겟방 구석에 쭈그려 앉아 있기를 즐겼었다. 할머니의 가겟방에는 과자 몇 봉지와 소주, 그리고 오징어나 북어를 엮어놓은 꾸러미가 매달려 있는 것이 전부였지만, 46년 전의 시골 마을에서는 바깥세상의 물건을 살 수 있는 유일한 장소였다. 동시에 그곳은 나의 안식처이기도 했다.

바닥이 마루로 되어 있고 앞에는 유리로 된 작은 진열장이 뒤에는 널빤지를 얹어 만든 선반들이 매달려 있는 곳이다. 할머니가 텃밭에 나가시면 나는 가겟방으로 들어가 쭈그리고 앉는다. 그곳이 좋았다. 진열장이 앞을 가리고 있고 선반이 머리 위에 놓여 있으며, 벽과 벽이 만나는 모서리에 등을 대고 앉으면 세상이 아늑하다. 그곳에서 학교에서 내준 자유 교양 도서를 읽기도 하고 책 속의 주인공이 되는 상상 놀음을 즐기곤 했다.

그러던 어느 날 죽음을 생각했다. 무슨 특별한 일이 있었거나 억울한 일을 당해서는 아니다. 나에게는 무슨 일이 생길 일이 없었다. 할머니와 둘이 살고 있었고 할머니는 내게 집 안 청소를 하는 일 이외에 다른 것을 요구하는 일이 없었으므로 할머니와 갈등 관계에 놓일 일도 없었다. 그리고 학교에서는 내가 대장 노릇을 하고 있었으므로 아무도 나를 거역하거나 억울한 상황으로 몰고 갈 일이 없었다. 또 동네에는 어울려 놀 수 있는 또래 친구도 없었다. 그러므로 친구들과 싸울 일도 없었다.

죽음에 대한 나의 관심은 외부적인 것에서 이유를 찾을 수 없다. 내 안의 무엇이 죽음과 친해지고 싶었던 모양이다. 너무 심심해서 그랬을까? 그건 아닌 것 같다. 생각을 떠올려 보면 그때의 감정은 단순 호기심에 관한 문제는 아닌 것으로 기억된다.

가겟방 구석에 놓여 있는 쥐약 봉지를 앞에 놓고 한참을 고민했었다. 그냥 사라져 버릴까? 저것만 입에 털어놓으면 죽게 되는 걸까? 그렇게 죽음에 집중에 있는 동안에도 알지 못하는 두려움이 본능적으로 작동하고 있었다. 죽는 과정에 대한 두려움. 그것이 고통스러운 건지, 편안한 건지 한 번도 죽음이라는 것을 본 적도 들은 적도 없으면서 죽어가는 과정을 맞이한다는 것은 두려움이었다.

대학교에 입학한 해 봄, 죽음에 대해 같은 경험을 했다. 수면제를 모았다. 그때도 마찬가지로 이유가 불분명하다. 그냥 그러고 싶었기 때문이다. 무엇이 내 생각을 죽음으로 향하게 했는지 잘 모른다. 그냥 죽음은 늘 옆에 있는 것이고 선택의 문제처럼 여겨졌다.

초등학교 때와 달라진 것이 있다면 두려움이 없어졌다는 것이다. 그 과정을 받아들이는 일이 두렵지는 않았다. 왜냐하면, 쥐약보다는 수면제가 훨씬 편안하게 죽음으로 데려다주리라는 것을 알 수 있는 나이가 되었기 때문이다. 그래서 계획은 좀 더 치밀했다. 생각날 때마다 수면제를 몇 알씩 모으고 있었다. 꽤 많은 양을 모았었다.

그런데 어느 날 엄마가 올라오셔서 다짜고짜 나의 등을 내리치며 오열하시는 것이다. 수면제를 20~30알 정도 모아두었을 때 함께 자취하던 언니가 엄마에게 연락한 것이다. 언니는 평소에 죽음에 대한 내 생각을 대수롭지 않게 여겼다. 그러므로 나의 행동에 제재를 가하거나 나를 설득하는 행위를 하지 않았다. 그런데도 엄마에게 연락한 것은 분명 둘 사이의 갈등에 나의 죽음을 무기로 사용했던 것이 분명하다.

"이 뱀같이 차가운 년. 어떻게 이렇게 엄청난 생각을 할 수가 있어?"

엄마를 이해하기 힘들었다. 왜 저렇게 흥분하며 오열하는 것일까? 나는 아무렇지도 않은데. 엄마의 흥분에 미동도 하지 않는 태연한 나의 태도에 엄마는 '뱀같이 차갑다'라는 표현을 했다. 모든 기억이 조작되고 희미해진다고 해도 그 한 마디는 또렷이 살아있었다. 그것이 늘 가슴에서 질문을 던진다.

"차갑다."

이 한 마디는 내가 어른이 되어서도 종종 듣게 되는 말이 되었다. 어떤 면에서는 냉정하고 차갑다고 표현할 수도 있겠지만, 내 삶을 돌아보며 나는 나를 '뜨거운 여자'라고 생각한다. 마음이 약해서 어려운 처지인 사람이 도움을 청하면 거절하지 못하고 내 일처럼 뛰어들고, 내 가족 또는 회사 동료, 사회적 커뮤니티에서 만난 사람들에게도 온 마음으로 책임지려 애쓴다. 무언가를 해야 할 상황이 눈앞에 펼쳐지면 불나방처럼 뛰어드는 나는 뜨거운 여자다. 아마 나에게 냉정하고 차갑다고 말하는 사람들은 자신들에게 미련을 갖지 않기 때문일 것이다. 내가 자신들을 필요로 하고 애착을 갖기를 바라는 모양이다. 떠나는 사람은 늘 자유롭게 보내주었고, 배신하는 사람에 대해서도 분노하거나 슬퍼하기보다는 관계의 끈을 깨끗이 지워버리는 방법을 선택한다.

어떤 때는 고독감에 휩싸이기도 하지만 그것이 그들에 대하여 분노하거나 집착하게 하는 이유가 되지는 않는다. 단지 내가 할 수 있는 생각이란 게 '그렇구나! 인간이구나. 인간은 이해관계에 의해 움직이는 거고, 그 사이에 맥락이 없어도 삶은 잘 연결되는 거구나.'를 다시 한 번 확인하는 것뿐이다.

그런 면에서 본다면 나는 차갑고 냉정한 사람이 맞다. 엄마가 말하는 '뱀같이 차가운 년'은 내가 엄마를 꼭 필요한 보호자로 생각한 적이 없다는 말이다. "엄마가 없으면 안 돼요. 엄마 나 좀 도와주세요."를 말하지 않는 나는 차가운 년이다. 엄마가 엄마로서 자격을 확인하고 권위를 내세울 기회를 주지 않기 때문에 나는 차가운 년이다.

그런 엄마가 요즘은 내게 전화를 한다. "나 좀 데려가라. 사람이 그리워 죽겠다. 자식을 일곱이나 낳아 놨는데 어떻게 사람 얼굴 보기가 그리 힘드냐?" 엄마는 자신의 방식으로 자신을 해석한다. 어떨 때는 "그래도 내가 너희들 굶기지 않으려는 일념 하나로 열심히 살아온 덕에 늘그막에 복 받나 보다." 그런 말은 명절이나 생신 때, 또는 뜬금없이 자식이 출동해서 맛있는 저녁을 사줄 때, 어머니의 통장으로 용돈이 차곡차곡 쌓이는 것을 확인할 때 하는 말이다. 엄마는 그렇게 삶의 의미를 부여하며 기뻐하기도 하며 슬퍼하기도 한다. 그것을 위해 유명하다는 병원으로 안내되기를 강요하며 점점 망가져 가는 건강을 서러워한다.

죽음은 내 삶에서 함께 걷고 있는 그림자다. 멀리 있는 것이 아니라 눈길을 돌리면 볼 수 있는, 언제 어디에나 따라다니는 그림자. 누군가가 또는 어떤 일이, 어떤 상황에 내가 있어야 할 때 나는 삶을 바라보고 있으며, 누구에게서도 무엇에서도 내가 있어야 할 이유를 찾지 못할 때 나는 죽음을 떠올린다. 삶과 죽음은 한 몸이다. 죽음을 대수롭지 않게 생각하는 것은 그만큼 삶에 집착하지 않는다는 말과 같다.

살고자 하는 본능이 일을 만들고, 상황을 만들고, 이유를 만드는 것인지, 일이 있고, 이유가 있고, 상황이 만들어지므로 하루하루를 사는 건지 알 수 없다.

죽음이 삶과 다르게 느껴지는 순간은 이미 입고 있는 속옷을 갈아입을 시간이 주어지지 않는다는 것이다. 죽음 앞에 잠시 머뭇거릴 이유이다.

만남, 헤어짐 그 끝없는 반복 속에서

우리는 살면서 많은 사람과 이별하기도 하고 상실감에 빠지기도 한다. 어떤 사람은 그런 상처를 쉽게 털어내고 새로운 날들을 맞이하지만, 또 어떤 사람은 그 상처에서 헤어 나오지 못하고 지나간 것들을 끌어안고 오랫동안 슬픔에 잠기기도 한다.

그러나 우리는 매 순간 이별을 한다. 시간의 흐름을 따라 많은 것들이 의식하지도 못한 채 이별을 고하며 떠나간다. 이별이 상실과 슬픔으로 다가오는 것은 내가 그 안에 사랑을 쏟았기 때문일 것이다.

삶의 일부를 잃는다는 자각이, 슬픔이 된다.

몇 달 전 회사 대표의 모친상이 있었다. 그는 어머니를 잃은 슬픔으로 몇 달 동안 사무실에 출근하지 못했다. 그동안 돌아가신 어머니께 할 수 있는 모든 것을 다 하고 싶었다고 한다. 좋은 절을 찾아서 제를 올리고 100일 상을 치르고 온몸으로 슬픔을 겪어냈다.

그는 소문난 효자이다. 어디에서나 어머니를 걱정하는 말을 하며, 어머니 신변이 문제라도 생기면 만사 제쳐놓고 달려가는 사람이다.

"어머니와 좋은 시간 많이 보내셨어요?"

"아휴, 어떻게 그래요. 늘 시간에 쫓기며 살다 보니…. 대신에 집사람이 있잖아요. 집사람하고 어머니는 거의 24시간 붙어 있는 셈이죠. 걱정은 안 해요.”

그의 아내는 몇 년 전에 돌아가신 시아버지의 마지막 가시는 길까지 직접 보살피며 병시중을 들었던 맏며느리다. 회사 대표는 그런 아내에 대해 자랑스러운 듯 이야기했다. 아내가 어머니의 노후까지 보살피고 있다는 사실이, 맏아들로서 갖추어야 할 중요한 덕목 중의 하나를 성실히 수행하고 있다고 자부하게 하는 것 같았다. 그래서 어머니 이야기가 나오면 바늘의 실처럼 따라 나오는 것이 아내의 이야기였다.

사실 그는 어머니를 지극히 사랑했지만, 사랑하지 않았다. 어머니의 시간은 모두 아내에게 맡겨 놓고 자신은 어머니가 위독할 때 달려가 병실 앞에서 전전긍긍하는 것이 그가 사랑하는 일의 전부였다. 행동 없는 사랑의 감정만을 가지고 있을 뿐이었다. 그러나 그는 실제로 어머니를 사랑했다고 착각하고 있었다. 그리고 어머니를 잃게 되자 걷잡을 수 없는 상실감에 휩싸였다. 사랑은 그의 관념 속에만 충만한 것이었다.

많은 사람이 사랑이라는 말속에 전혀 사랑을 담지 못하고 있는 경우가 많다. 대부분 자신의 감정을 붙잡고 들여다볼 뿐 사랑하는 이를 행복하게 해 주는 일이 무엇인지 알지 못한다.

이별이 예측 가능하다면 우리는 상실감을 최소화할 수 있다. 그 이별을 준비할 시간이 있기 때문이다. 그 시간 동안 더 많이 사랑할 수 있고 또 아픔을 최소화할 방법을 찾게 된다.

냉정하게 생각해 보면 우리는 모든 이별을 예측한다. 단지 그것이 언제 어떻게 찾아올지 모를 뿐이다. 특히 노부모를 모시는 사람들은 이별이 그리 멀리 있지 않다는 것을 잘 안다. 그런데도 그것을 준비하지 않는다. 아니 모든 준비를 하면서도 감정의 준비만 하지 않는다. 상조보험에 가입하고 영정사진을 준비하며 어디에 모실지를 결정해 둔다.

그러면서도 슬픔을 최소화하기 위해 해야 할 일, 남은 날들을 사랑으로 채우는 일은 하지 않는다. 감정만은 아주 먼 미래의 일처럼 소홀히 한다. 마치 슬픔을 모아두었다가 한꺼번에 터뜨려야 되는 일처럼 생각한다. 인간은 희미한 슬픔과 희미한 기쁨을 좋아하지 않는 것 같다. 그래서 상실의 슬픔 안으로 있는 힘껏 빠져든다.

예측할 수 없었고, 준비되지 않은 이별을 마주하게 되는 때도 있다. 아주 먼 미래의 일이기 때문에 예측의 범위 밖에 있던 이별이다. 또는 이별이 상상할 수 없었던 방식으로 다가오는 경우이다. 이럴 때는 아무것도 준비할 수 없게 만든다. 이런 상실 앞에서 우리는 무엇을 해야 할지, 어떻게 살아야 할지 알 수 없다. 삶의 정지된 순간을 맞는다. 상실의 늪에 빠지는 것 외에 할 수 있는 일이 없다.

　나는 이런 슬픔을 맞이하면 슬픔에 젖어 들라고 말한다. 슬픔 이외에 다른 아무것도 개입시키지 말아야 한다. 슬픔 속에서 새살이 돋아 슬픔을 밀어낼 힘이 생길 때까지 슬퍼할 수밖에 없다. 슬픔을 참으며 그 자리를 현실로 채우면 우리의 감정은 공허함과 회의감에 다시 사로잡힐 수 있기 때문이다. 심장 안에서 돋아나는 새 살이 슬픔을 극복할 힘이 되어 준다.

　살아가는 동안 예측했든 예측하지 못했든 많은 이별을 경험한다. 이별은 모든 생명의 숙명이다. 인간은 이미 잘 알고 있다. 만남과 동시에 반대편에 준비되는 일이 이별이란 것을. 그러나 그 사실을 외면하거나 인정하지 않을 뿐이다. 또 이별의 끝은 새로운 인연의 시작에 닿아 있다. 상실의 자리를 이별의 슬픔으로 채워 두지 않기를 바란다. 그 자리는 새로운 인연에 내어줄 자리이다.

　인연을 보내고 새 인연을 마주하는 일은 시간처럼 흘러가는 일이다. 자연스러운 과정이다. 관념 속의 감정에 갇혀 오늘의 삶이 비어 있는 껍데기가 되지 않기를 바란다. 삶과 사랑에 집중할 때이다. 오늘이 충만한 삶이 되기를 기도한다.

나는 지금, 나와 우리 집 신께서 애정 결핍 상태에 놓여 있음을 고백한다.

4장 '신과 개와 고양이'

: 인간에게 나는 신이 분명하다

사람을 사랑하는 일보다 어려운 일

개와 고양이의 천국이다. 집집이 애완동물 한두 마리쯤 안 키우
는 집이 드물다. 소파에서 공원에서 그리고 누군가의 품 안에서
개와 고양이가 사랑에 빠져 산다.

인간의 관념은 참으로 대단하다. 한 사회의 문화를 변화시키는
데에는 그리 많은 시간을 들이지 않는다.

내 기억 속의 강아지는 하굣길에 나와서 꼬리를 흔들던 백구였
다. 그리고 어느 날 사라졌다. 백구가 꼬리를 흔들던 자리에는 어
린아이의 울음이 서 있었다. 할머니가 개장수에게 팔아버린 것
이다. 어린 백구를 집으로 데리고 올 때 할머니의 머릿속에는 이
미 그런 날이 계획되어 있었다. 기억 속의 고양이는 내가 햇볕 드
는 마루에 앉아 졸고 있을 때 슬금슬금 무릎으로 기어오르던 나비
였다. 이름조차 없던 고양이는 시골집의 쥐를 쫓아내는 조건으로
동거가 허락된 존재였다.

지금 나는 양극단의 문화 차이를 체험하며 살고 있다. 그런데도
그런 모순 사이에서 갈등하지 않는다. 생각이란 것의 유연함과
실체의 모호함에 잘 적응하고 있다.

"한 나라의 위대성과 그 도덕성은 동물들을 다루는 태도로 판단할 수 있다. 나는 나약한 동물일수록, 인간의 잔인함으로부터 더욱 철저히 보호되어야만 한다고 생각한다."

-마하트마 간디

"살아있는 모든 피조물을 향한 사랑은 인간의 가장 고결한 특징이다."

-찰스 다윈

위대한 학자나 성인들의 이야기를 인용하지 않더라도 모든 생명이 존중되어야 함은 마땅한 일이다. 그것이 인류 역사가 유지되어왔고, 앞으로도 계속될 수 있는 원인이기도 하다. 백구와 나비가 30년만 늦게 태어났다면 예쁜 옷을 입고 은색으로 도금된 반짝거리는 이름표를 달고 있었을 것이다. 그런 변화를 보면 사람들이 동물을 대하는 태도와 인식에 많은 변화가 생긴 것은 확실하다. 생명에 대한 인간 인식의 진보이다. 그러나 나는 애완동물을 사랑하는 모든 사람이 생명을 사랑할 줄 안다고 생각하지는 않는다. 자신의 강아지와 고양이를 향해 입 맞추고 함께 잠을 자는 것이 사랑일까? 애완동물에 집착하는 사람 중 많은 이들이 그것을 사랑이라고 착각하고 있다.

애완동물에 대한 감정은 일방적이다. 말을 잘 듣게 하려고 먹이를 가지고 훈련한다. 자신이 사랑하고 싶은 대상을 옆에 두기 위해 성대를 수술하고 성적 욕망을 제거한다. 동물들은 자신의 감정을 표출할 기회를 박탈당한다. 얼마나 치사하고 비열한 방법인가? 그런 방식으로 사랑하는 사람을 옆에 둘 수 없음은 자신들도 잘 안다. 애완동물을 기르는 사람들이 많아진 것은 어쩌면 사람과 사람 사이의 사랑을 잃어가는 현대 사회 정서를 반영하고 있는 것인지도 모른다. 애완동물에 집착하는 사람 중에는 사랑하는 일에 미숙한 사람들이 많다. 감정을 조율하고 상대의 감정을 살피는 일에 서툰 사람들이다.

우리 집의 고양이는 시어머니의 전유물이다. 그녀는 양이를 위해 헌신적이다. 먹이를 살피고 털을 빗겨주며 잠시라도 옆에서 떨어뜨려 놓지를 않는다. 밤이 되면 꼼짝없이 잡혀가서 양양 거리다가 머리통을 한 대 얻어맞고 이불 속에 고개를 묻는다. 그런 그녀는 그러면서도 자식들과의 사랑에는 서툴다. 언제나 자식보다 자신의 감정이 우위에 있다. 양이에 대해서도 마찬가지이다. 자신의 감정이 앞선다. 독립적인 시간을 즐기는 고양이에게 그녀의 일방적인 사랑은 구속이고 억압이다.

인간의 능력이 참으로 놀라운 것은 동물의 본성마저 바꿔 버릴 수 있다는 것이다. 이제 우리 옆에 있는 동물들은 사람의 손길을 기다리는 유전인자를 갖게 되었다. 일방적인 사랑에 순종하는 모습이 그들의 본성처럼 보인다. 또 생명공학의 발달이 기여하는 일은 더욱 놀랍다. 유전인자를 조작하거나 변형시켜 인간들이 선호하는 새로운 종자를 만들어 내는 시대에 이르렀다.

사람들은 자신의 감정을 표출하기 위한 대상을 필요로 한다. 관계를 지향하는 인간의 본능을 충족시키기 위해 애완동물이 대역을 맡는다.

길거리의 유기견이나 떠돌이 고양이들은 매년 늘어나고 있다. 몇 년간 쏟아부었던 사랑은 길거리를 유랑하다 죽음을 맞이한다. 강아지를 품에 안고 보신탕을 먹는 사람을 향해 경멸의 눈길을 보내지 않기를 바란다. 그런 당신을 향해 사랑을 조금 더 안다고 말해 줄 수는 없을 것 같다.

있는 그대로 사랑할 수 없다면 원하지 않는 것이 맞다. 책임질 수 없다면 선택하지 말았어야 한다. 나는 그것이 좀 더 사랑에 가까운 일이라고 생각한다.

사람을 사랑하는 일보다 동물을 사랑하는 일이 결코 더 쉽다고 말할 수는 없다.

신이 나에게 사랑을 구걸하는 밤

"인간은 나를 먹여주고 지켜주고 사랑해준다.
인간에게 나는 신이 분명하다."

베르나르 베르베르는 고양이의 생각을 대변해 주었다. 2년 전까지만 하여도 그의 생각은 사실처럼 여겨졌다.

우리 집의 고양이는 시어머니, 남편, 아들의 섬김을 받으며 신과 같은 권력을 행사한다. 신께서 매트 위에 누워 등을 돌리면 시어머니는 곱게 빗질하며 단장해 준다. 신께서 소파 위에 다리를 끼워 넣으면 남편은 엉덩이를 소파 끝으로 밀어내며 신의 자리를 마련하고, 신께서 무릎 위로 발걸음 하시면 신의 다음 행차가 이루어질 때까지 코에 침을 바른다. 신의 힘은 위대하여 게임 중독에 빠진 아들을 침대 위의 애정 놀음으로 끌어들인다.

그 위대하신 신께서 나에게는 관심이 없다. 내가 밥을 주고 똥을 치워주는 것은 모르는 척 눈감아 버린다. 오직 자신을 향한 애정 표현에만 관심을 둔다. 자신의 존재 이유가 어디에 있는지 망각하고 있다. 나에 대한 믿음도 없다. 내가 움직일 때마다 흠칫거리며 경계를 하거나 나를 피해 방으로 숨어버리기 일쑤다. 내가 자신을 사랑하지 않는다는 사실을 잘 알고 있기 때문이다.

그러나 신의 질서에 변화가 생겼다. 학교와 직장 문제로 온 가족이 뿔뿔이 흩어지고, 시어머니가 요양병원으로 자리를 옮기시게 되었다. 신을 섬길 수 있는 인간들이 사라진 것이다. 신의 고독이 시작되었다. 주말 가족이 된 후 신이 만날 수 있는 인간이란 귀한 존재가 되었고, 그나마 내가 주중에 마주칠 수 있는 유일한 인간이 된 셈이다. 난감한 일이다. 나에게 있어 고양이는 신이었던 적이 없기 때문이다.

현관문 여는 소리와 함께 특유의 민첩함으로 몸을 숨겼던 양이가 살금살금 나타나 나의 동태를 살핀다. 주위를 어슬렁거리며 자신의 존재를 각인시켜 보지만, 그의 노력은 헛수고일 때가 많다.

"양이! 뭐 했어? 밥 먹었어?"

그를 향해 내가 할 수 있는 애정 표현의 전부이다. 양이는 방의 불이 꺼질 때까지 내 품을 찾지 않는다. 내가 무엇인가를 하고 있을 때는 자신이 받아들여지지 않는다는 사실을 경험을 통해 잘 알고 있기 때문이다. 그러나 사랑에 대한 욕망은 양이를 모순에 빠지게 한다. 양이가 만날 수 있는 인간이란 자신을 사랑하지 않는 내가 유일한 사람이다. 양이는 자신의 욕망을 채우기 위해서는 신으로서의 권위를 포기한 채 나에게 접근해야만 한다.

집안이 캄캄해지고 내가 이불 속에 몸을 누이면 가슴 위에 양이의 무게가 더해진다. 고양이는 사람을 따뜻한 피를 가진 가구라고 여긴다고 한다. 그러나 꼭 그렇지만은 않은 것 같다. 밤마다 양이는 사랑을 구걸한다. 내 얼굴에 입을 갖다 대고 냄새를 맡거나 숨결을 느낀다. 나의 손을 깨물고 '양양' 거리며 내가 자신을 쓰다듬어 주기를 간청한다.

그 녀석의 콧수염이 나의 수면을 방해했다. 방안에 불빛이 환해지자 양이의 욕망은 어둠 속으로 피신했다. 주지 못하는 사랑과 받지 못하는 사랑이 잠들지 못하는 밤이다.

나는 지금, 나와 우리 집 신께서 애정 결핍 상태에 놓여 있음을 고백한다.

이기적인 사람이라 그래요

"너무 이기적이잖아요. 나는 저런 애들이 싫어요!"

여자의 품에 안겨 있는 흰색 몰티즈를 향해 불편한 감정을 드러냈다. 여자는 '우리 아기들'이라고 부르는 강아지 두 마리를 키운다. 한 마리는 곱슬곱슬한 털을 가지고 있는 갈색 푸들이고, 한 마리는 앞머리를 눈 위로 가지런히 잘라 내린 흰색 몰티즈이다. 여자는 모임에 나올 때 그녀의 아기들을 종종 데리고 나오는데, 나는 그럴 때마다 마음이 불편해진다. 강아지들이 여자를 힘들게 하기 때문이다.

여자는 체력이 약한 편이다. 몇 시간 일에 집중하고 나면 자신의 몸도 제대로 가누지 못할 만큼 체력이 떨어져 얼굴이 일그러진다. 강아지 두 마리를 추단하기에는 버거워 보인다. 오늘은 결국 내 입에서 속내를 드러내는 말이 터져 나왔다. 여자가 서울에서부터 두 마리 강아지를 업고, 안고 하며 기차를 타고 천안까지 데려왔기 때문이다.

사실 강아지를 데리고 다니는 것이 내 마음을 불편하게 하는 것은 아니다. 그녀의 아기들이 엄마의 일그러진 표정에 아랑곳하지 않고 눈치 없이 짖어대거나 애처로운 눈빛을 발사하며 엄마의 품을 차지하는 것이 싫다. 갈색 푸들은 그래도 봐줄 만하다. 그 녀석은 이리저리 바쁘게 돌아다니며 자신에게 손을 내미는 사람이라면 누구든 가리지 않고 달려가 손등을 핥고, 머리를 비벼댄다. 부산스러운 녀석의 움직임이 마음에 드는 것은 아니지만 그래도 거기까지는 허용이 된다.

문제는 흰색 몰티즈이다. 나는 그 녀석의 눈빛이 싫다. 애처로운 눈빛. 주인의 마음을 움직여 결국 자신의 포근함을 차지하는 녀석. 자신을 아기라고 부르는 엄마의 표정이 일그러지는지, 그녀가 어깨의 통증을 참고 있는지는 관심이 없는 녀석. 자신이 원하는 것을 어떻게 얻을 수 있는지 잘 알고 있는 그 녀석의 눈빛이 참 싫다.

강아지들에게 휘둘리며 일그러지는 여자의 표정을 볼 때마다 나의 속마음은 늘 같은 반응을 보인다. '힘들어하면서 왜 저렇게 달고 다니는 거야? 강아지들에게 네 영혼이 휘둘리고 있잖아!' 그러나 여자는 아기들을 사랑한다. 그들이 주는 사랑이 자신에게는 너무 필요하며 진정한 사랑이 무엇인지 알게 해 준다고 말한다.

"본인이 이기적인 사람이라서 그래요."

여자의 아기들에게 이기적이라고 핀잔을 주자 옆의 남자가 내게 펀치를 날렸다. 맞다. 나는 이기적이다. 늘 사람을 사랑하는 일이 인간이 추구해야 할 궁극의 가치라고 떠들면서도, 나는 이기적이다. 적어도 감정적인 부분에서는 남자의 말을 인정해야 한다. 남자의 말이 무엇을 말하는지 잘 알고 있다.

새벽 서너 시가 되면 우리 집 거실에서는 웅얼거리는 소리가 난다.

"이 녀석아! 지금, 이 시각에 뭐 하고 있는 거야?"

"양이가…. 양이가 놀아 달라고 이 시간만 되면 얼굴에 와서 잠을 깨우는데 어떻게 해요?"

아들은 우는소리를 내며 나의 핀잔을 무마시킨다.

"고양이 때문에 새벽마다 이러고 앉아 있는 게 말이 돼? 네가 고양이 노예야?"

아들이 양이의 성화에 못 이겨 눈을 비비고 앉아 줄이 매달린 낚싯대를 흔들고 있는 모습을 볼 때마다 답답한 마음에 분통을 터뜨린다.

우리집 고양이에게 나는 주는 사람이다. 밥을 주고 잠자리를 마련해 주며 배설의 아늑함을 제공해 준다. 양이는 나에게서 필요한 것을 충족하면서도 아들과 사랑을 나눈다. 양이는 자신의 요구를 들어줄 수 있는 사람이 누군지 잘 알고 있다.

양이는 나를 사랑하지 않는다. 고양이의 처지에서 본다면 나를 사랑할 수 없다. 내가 고양이에게 나를 사랑하도록 허락하지 않았다. 때로는 내가 양이의 털을 빗겨주고 등을 어루만져 주지만,

내가 일을 할 때 녀석이 무릎 위로 기어오르는 것을 거부하자 내게서 사랑받을 권리를 포기했다.

내 입장에서 본다면 여자의 아기들은 엄마가 힘들 때 안기기를 포기해야 하고, 여자가 외출하면 돌아올 때까지 기다릴 수 있어야 한다. 양이는 아들이 잠자는 시간을 방해하지 말아야 하며, 자신의 필요조건을 충족시켜 주는 이가 누군지 알고 있어야 한다. 이것이 내가 사랑하는 방식이다. 내가 사랑하는 방식이 나를 이기적인 사람으로 만든다. 아니 이기적인 마음이 사랑하는 방식을 선택하게 만든다고 표현하는 것이 더 정확할 것 같다.

사람들은 자신의 욕망에 따라 상대를 길들이는 행위를 사랑이라고 말한다. 또 그렇게 길들기를 원한다. 여자는 흰색 몰티즈의 눈빛에 길들고, 아들은 잠든 얼굴을 간지럽히는 양이의 수염에 길들고 있음이 분명하다.

그들은 자신의 일그러진 표정과 단잠을 헌납하고 강아지와 고양이의 살가운 몸짓을 선물 받지만, 강아지와 고양이는 자신들이 원하지 않을 때는 주인의 품을 거부할 권리를 행사하고 있지 않은가? 불공정한 거래다. 이들의 강아지와 고양이는 사랑받고 싶은 욕망과 사랑하고 싶은 감정을 온전히 표현하며 보장받고 있다. 그것을 위해 무엇을 감내하고 있는 걸까? 그런데도 여자와 아들은 그들을 사랑하는 일이 행복하다고 말한다. 내가 느낄 수 없는 감정이다.

"사랑은 사람을 사랑하고 삶을 사랑하는 일이야."라고 말하는 나는 진정 사랑을 모르는 것일까? 내가 말하는 사람이란 있는 그대로의 사람을 말한다. 자신의 내적·외적인 환경에 작동하고 있는 그 사람의 현재. 그것을 인정하고 수용하는 것. 그의 작동 방식과 연결되어 함께 공유하는 것. 그의 작동 방식에 참여하기도 하고 나의 방식에 끌어들이기도 하면서 공존의 삶을 사는 것. 그 공존에는 상대에 대한 배려뿐만 아니라 자신에 대한 배려가 전제되어야 한다. 나는 그것을 사랑이라고 부른다.

그런데 그것은 사랑이 아니었을까? 내가 상대를 있는 그대로 인정하고 수용하려고 노력하는 만큼, 상대도 나를 있는 그대로 인정하고 허용하기를 요구한다. 내가 인정받기 위하여 나는 사랑이라는 말로 상대를 허용하고 있는지도 모를 일이다. 필요조건이 아닌 이유로 나를 구속해서는 안 된다는 내 사랑에는 상대의 욕망이 침범할 수 있는 경계가 분명하다.

참, 이기적인 사랑이다.

생각하게 만드는 고양이, 미역

　아들이 초등학교를 졸업하던 해 고양이를 키우고 싶다고 떼를 쓰기 시작했다. 아들은 고양이를 얻기 위해 최선을 다했고, 나는 그것을 반대하기 위해 최선을 다했다. 아들과 나 사이의 의견 대립은 한 가지 경험을 공유한 데서 비롯되었다.

　아들이 초등학교에 입학하기 전 몰티즈 한 마리를 키운 적이 있었다. 아들에게는 그 경험이 즐거웠던 모양이다. 그러나 나에게는 먹이를 챙겨주고, 목욕을 시키며, 대ㆍ소변을 처리해야 하는 일이 적잖이 부담스러운 일이었다. 무엇보다도 강아지 털과의 전쟁이 만만치 않게 사람 진을 빼는 일이라 반대할 수밖에 없었다.

　그러나 아들에게는 졸업 기념 선물권이 있었으므로 나의 최선은 물거품이 되고 말았다. 결국, 우리는 열흘 후에 새 식구를 맞이하였다. 그런 고양이가 14년 동안 함께 동고동락하면서 나에게 여러 가지 생각을 하게 한다.

　미역은 우리집 고양이다. "왜? 귀엽고 깜찍한 고양이에게 왜 미역이라는 얼토당토않은 이름을 지어 준 거야?" 고양이의 이름을 듣게 되는 사람들에게서 돌아오는 질문이다. 많은 사람이 그렇게 반문한다. 나 또한 그런 반문이 아주 자연스럽고 합당하다고 생각한다.

미역은 제법 귀족티가 나는 샴이다. 갈색과 회색 사이의 털을 갖고 있으며, 걸음걸이와 행동하는 자태가 거만하기 이를 데 없다. 그런데 불행하게도 미역이라는 이름을 갖게 되었다. 불행이라는 표현은 완전히 나의 주관적이고 개인적인 판단임이 분명하지만 내가 그렇게 생각하는 데는 그럴만한 이유가 있다.

생후 1개월도 안 된 한 주먹 크기의 고양이가 책상 뒤에서 몸을 드러내고 자신의 집인 양 거실을 어슬렁거리기 시작했을 때, 우리는 저녁 식사 중이었다. 그리고 숟가락을 든 채로 고양이에게 일제히 시선을 빼앗기고 있었다. 콩콩거리며 이 구석 저 구석을 돌아다니다가 동그란 눈을 들어 우리를 빤히 쳐다보았을 때는 금방이라도 달려가 끌어안고 싶을 만큼 작은 몸집의 그 녀석은 사랑스럽기만 했다.

"아들! 양이 이름은 무어라고 지어 줄 거야?"

"글쎄요. 미역이라고 지어 줄까요? 내가 미역국을 좋아하니까 미역이라고 지어 주죠."

아들은 미역국을 좋아한다. 그것도 몇 번 데워서 흐물흐물해진

진한 국물이 우러난 미역국이 있으면 진수성찬을 마주한 것처럼 좋아한다. 작은 고양이를 바라볼 때 아들의 숟가락 위에는 미역 건더기가 한 덩어리 놓여 있었다. 고양이의 이름은 그렇게 뜬금없이 붙여졌다.

예방접종을 맞히기 위해 미역을 데리고 동물 병원을 방문했을 때의 일이다.

"양이 이름이 뭐예요?"

"미역이요."

"미역이? 왜 고양이 이름이 미역이에요?"

"개념 없는 주인을 만난 덕이죠."

몇 달 후에 미역은 동물 병원에 입원한 적이 있었다. 그 녀석의 방문기록을 찾아보니 이름이 '미옥'으로 기록되어 있었다. 의사의 의도였는지 간호사의 오기였는지는 모르지만, 고양이의 이름과 미역이라는 이름 사이에 개연성이 전혀 없었기 때문에 생겨난 일일 것이다. 그러나 나는 미옥을 미역으로 수정해 달라고 요청하지 않았다. 미역이 미옥으로 기록된 과정이 충분히 상상되었기 때문이다. 동물 병원에서는 우리 식구와 같은 단어를 사용하지 않는다. 다른 건 몰라도 미역이라는 단어만큼은 공유할 수 없다. 그래서 미역은 미옥으로 둔갑하였고, 그들은 우리의 단어를 자신들의 의미로 재해석했다. 그들도 나와 같이 미역이라는 이름에 고양이의 불행을 꼬리표처럼 달았을 것이다.

우리집 고양이가 미역이라는 이름을 갖게 된 것이 불행이라고 표현한 것이 지극히 개인적이고 주관적인 판단이라는 사실은 이미 밝혔지만, 그것이 아들의 개념 없는 논리의 산물이라고 정의 내린 것에 대해서도 같은 견해를 밝혀야만 한다.

왜냐하면, 불과 몇 달 전에 '두부'라는 이름의 강아지를 만났기 때문이다. 나는 그때 "두부라고요? 먹는 두부 말이에요?"라고 똑같이 반문했었다. 요즘은 반려동물의 이름을 지어 주는 것에 보편적 경향이 없어졌다. 각양각색이다. 미역이나 두부를 자연스럽게 받아들이는 사람들은 나에게 이렇게 말할 것이다. "왜요? 미역이가 어때서요? 미역국을 좋아해서 미역이라고 지었다는데."라고 말이다.

그렇다면 개념 없다는 나의 표현도 어떤 사람에게는 내가 우리집 고양이 미역에게서 느끼는 것처럼 뜬금없는 소리로 들릴 것이다. 왜 고양이 이름이 미역이냐고 되묻는 사람들과 미역, 두부라고 이름 붙이는 사람들 사이에는 다른 무엇인가가 있다. 개념에 대한 상식의 범주가 다르다.

나는 어린 시절 누렁이, 바둑이, 백구와 함께 뛰어놀았고 나비와 햇살 비추는 마루에서 낮잠을 잤다. 그리고 언제부터인가 딸기, 초코, 해피를 만나게 되었고, 이제는 미역이와 두부의 이름을 부르고 있다. 나의 개념은 누렁이, 바둑이, 백구, 나비가 살던 시대에 만들어진 개념이고 그 사고체계로는 미역이와 두부를 이해할 수 없다. 내가 미역이라는 이름을 아들의 '개념 없는 논리의 산물'이라고 단정 지어 말한 것 또한 개인적이고 주관적 판단이라는 사실을 밝혀야만 하는 이유이다.

그런데도 그 표현을 굳이 쓰려고 하는 것은 한 가지 포기하지 못하는 가치관이 작동하고 있기 때문이다. 누렁이 바둑이처럼 생김새의 특성에 따라 이름이 붙여지고, 딸기, 초코처럼 어감이 주는 귀엽고 깜찍한 느낌의 이름은 그래도 이해가 된다. 왜냐하면, 그 이름에는 대상에서 연상되는 공통점이 있기 때문이다.

그러나 미역의 경우는 어떤 연관성도 찾을 수가 없다. 이름 붙이는 행위의 주체에 이름 붙여지는 대상이 개입된 흔적이 없다. 미역국만큼이나 김치볶음밥을 좋아하는 아들의 숟가락 위에 김치볶음밥이 놓여 있었다면 미역은 김치가 되거나 볶음이가 되었을 수도 있다. 미역이가 어떤 특성이 있는지는 관계없다. 단지 아들의 취향만 작동하고 있을 뿐이다. 그것이 자연스러운 일이 되었다. 그런데도 반려동물의 위치는 집을 지키는 일, 쥐를 잡는 역할에서 거실 한복판의 가장 아늑한 자리에서 주인의 사랑을 독차지하는 위치로 급부상하였다. 이런 현상이 나에게는 개념 없는 일로 보인다.

우리집 고양이가 미역이라는 이름을 갖게 된 것이 불행이라고 표현했지만, 정작 이름을 붙여주고 이름이 붙여진 아들과 미역은 이름에 대해 불만을 표시한 적이 없다. 고양이는 미역이라는 이름이 자신의 귀티와 품위를 잘 표현해주는 단어인 줄로 알고 있는 게 분명하다.

미역이라는 이름으로 14년간 불려 왔지만, 그 녀석의 태도는 하나도 달라지지 않았다. 여전히 거만하고 여전히 자기중심적이다. 이름의 영향을 받은 흔적은 전혀 없어 보인다.

그것은 사실이다. 우리 집에서 미역이라는 단어는 식탁보다 고양이를 먼저 연상시키는 단어가 되었다. 그리고 그 연상 속에는 아들의 사랑을 독차지하는 자기밖에 모르는 고양이가 들어있다. 그 녀석은 내게 손도 못 대게 하면서, 아들이 자신보다 게임에 집중해 있을 때면 방문을 긁어 대며 지치지 않고 양양 소리로 앙탈을 부린다. 그러고는 결국 방문을 열어 자신을 품에 안게 한다.

미역은 사랑하고 싶은 사람과 사랑받고 싶은 사람을 선택할 줄 안다. 자신이 원하는 것을 표현하고 얻을 수 있는 능력을 갖추었다. 그런데 미역이 자신의 이름을 개념 없는 어린 남자아이가 1초의 고민 끝에 지어 준 이름이라는 사실을 자각하게 된다면 어떻게 될까?

그녀가 마지막에 삼키는 말을 나는 안다.
"한 번 올 수 없니?" 그녀는 늘 그 말을 삼킨다.

5장 '가족'

: 신이 내린 가장 어려운 과제

내 안의 그놈

그놈을 소개해야 할 것 같다. 나도 모르게 따라다니며 주인 행세를 하던 놈이다. 그놈은 나를 점령하고 어둡고 음습한 자기 세상으로 만들려고 했던 모양이다. 나는 그놈이 있었는지조차 몰랐다. 한 편의 글을 쓸 일이 없었다면 그놈은 자신의 계획을 성공시키고 불행으로 가득 찬 세상으로 나를 데려갔을 것이다.

40대 초·중반 즈음으로 기억된다. 시청에서 운영하는 여성들을 위한 자기계발 프로그램에 참여한 적이 있었다. 내가 선택한 강좌는 문예 창작반이었는데, 어느 날 '사진'이라는 소재를 가지고 자유롭게 글을 써 오라는 과제를 받았다.

기억 속에 흑백으로 찍혀 있는 이미지를 꺼내어 '스냅사진'이란 제목으로 글을 썼다. 이 글을 쓰면서 내 몸 어딘가에 깊숙이 찍혀 있는 빛바랜 사진을 꺼내 보게 되었다. 그리고 사진 속에 웅크리고 앉아 있는 나에게 사랑이 아픈 상처였다는 사실을 처음 알게 되었다. 그러나 이때까지 그 흔적이 아픔이었는지 상처였는지 알지 못했다. 그것이 내 삶의 전반을 꿰차고 있었다는 사실도 알지 못했다.

#스냅사진 하나

다섯 살이나 여섯 살 즈음인 것 같다. 손가락을 꼽아 세어 보며 추측한다. 그때 즈음의 일이라고.

논두렁 밭두렁을 쏘다니며 놀다가 어스름해지는 기운을 느끼고 집으로 돌아왔을 때 엄마의 등 뒤에는 막냇동생이 업혀 있었다. 엄마는 신작로 길을 따라 떠나는 중이었다. 나에겐 뒤돌아보는 눈빛마저 마주친 기억이 없다.

그렇게 스냅사진이 한 장 찍히고 나는 혼자 남았다. 그것이 엄마에 대한 최초의 기억이다. 그 이전의 기억도 한두 장면 있을 법한데, 그날 이전의 기억은 모두 삭제된 듯 아무것도 떠올릴 수가 없다. 부지런하신 할머니와 어린 시절을 보냈다는 기억이 있을 뿐이다.

#스냅사진 둘

초겨울인 것 같다. 손을 호호 불며 집 앞 냇가에서 걸레를 빨고 있었다. 할머니가 아궁이에 불을 지피는 시간이면, 나는 초가지붕 밑의 방이며 마루를 깨끗이 청소하고 밥상을 받기 위한 준비를 해야만 했다. 할머니는 엄하기도 하셨지만, 워낙 부지런하신 분이라 어리다는 이유로 나를 놀기만 하도록 내버려 두지 않으셨다.

그날도 반쯤은 벗겨진 엉덩이를 하늘로 치켜들고 걸레를 빨고

있었다. 그때 저 멀리서 고운 한복 차림의 한 여인이 내 앞으로
자꾸만 가까이 다가왔다. '엄마다.' 분명 낯익은 얼굴과 생소하지
않은 느낌이었으므로 그녀가 엄마인 줄 이미 알았다.

"란이구나, 아이고 손 시리겠다."

고운 한복을 입은 그녀가 두 손을 꼭 잡아 주었다. 그녀의 따뜻
한 손안에 잡혀 있는 내 손이 너무 부끄러웠다. 시커멓게 갈라진
손. 그 손을 그녀에게 붙잡힌 채 죄 없는 발끝만 바라보며 슬쩍슬
쩍 흙을 파내고 있었다.

그런 어색한 상황이 빨리 끝나기를 마음속으로 바라고 있었을
까? 아니면 그런 순간이 조금이라도 더 연장되길 바라고 있었을
까? 그렇게 스냅사진 한 장이 또 찍혀 있다.

세월이 흘러 엄마는 읍내에 살 만한 기반을 일구셨고, 나는 4학
년 늦가을에 엄마 품에 안기게 되었다.

#스냅사진 셋
"여기가 느네 집이여. 어여 들어가 봐."

할머니의 부탁으로 동네 아주머니가 읍내로 장을 보러 나오는

길에 나를 엄마의 집 앞까지 데려다주었다. 그러고는 황급히 떠나 버렸다. 어린 마음에 그 아주머니가 원망스러웠다. 엄마를 불러 나를 인도해 주고 갔으면 하는 바람이 있었다. 알지도 못하는 집 앞에 혼자 남겨진 시간이 너무 불안하고 겁이 났다.

고동색으로 칠해진 나무 대문의 한쪽이 빠끔히 열려 있었으나 내가 들어갈 수 있을 만큼의 공간이 확보되지 않았다. 나는 그 대문을 밀치며 들어가지 못했다. 대궐처럼 너무 크게 느껴졌기 때문이다. 내가 들어가도 괜찮은 집인지, 내가 들어갔을 때 누군가가 나를 반겨줄지 알 수 없었다. 그리고 누군가가 나온다고 하더라도 어색할 것 같은 상황을 어찌해야 할지 마주하기가 두려웠다. 내 손에는 할머니가 농사지으신 푸성귀가 한 보따리 들려 있었다. 나는 보따리를 끌어안고 대문 옆 벽에 기대어 쭈그리고 앉았다. 누군가에게 발견되기만을 마냥 기다리고 있었다.

#스냅사진 넷

등굣길. 학교에 육성회비를 가져가야 하는 날이다. 동생과 나는 나란히 문 앞에 서서 엄마에게 손을 내밀었다.

"내일 가져가라."

"안 돼 오늘 가져가야 해!"

"엄마 지금 바빠! 나중에 가져가!"

"선생님께 혼나!"

대수롭지 않은 일로 치부해 버리는 엄마와 꼭 받아 가야겠다고 떼쓰는 동생의 앙칼진 표현이 부딪히는 가운데, 나는 그냥 눈물을 흘리며 학교로 갔다. 분명히 울지 않았는데 굵은 눈물이 자꾸만 운동화 앞에 떨어지고 있었다. 나중에 보면 동생은 육성회비를 받아냈었다. 땅바닥에 주저앉아 떼를 쓰다 엄마한테 등을 한 대 얻어맞는 대가를 치르고 말이다.

나는 한 번도 엄마에게 떼를 써본 기억이 없다. 무리하게 요구해 본 적도 없다. 그래서 엄마와 나 사이에는 싸울 일도 혼날 일도 기대할 일도 없었다. 엄마는 그냥 거기에 있었다.

초등학교 2년과 중학교 3년을 엄마와 아버지가 있고, 언니와 오빠가 있는 온전한 가정에서 살았다. 그러한 온전함이 나에게는 어색하고 불편한 진실이었다. 처음 보는 TV가 엄청나게 보고 싶었지만 틀어 볼 엄두를 낼 수 없었다. 누군가가 빨리 TV를 켜 줬으면 하는 마음만 간절하게 가지고 있었다. 매사가 그런 식이었다. 한동안은 적응하지 못하고 이방인처럼 겉돌았다. 5년의 세월이 흘러 어색한 관계에 적응해 갔지만, 나는 또다시 혼자가 되었다. 고등학교 진학을 위해 춘천 시내로 유학을 떠난 것이다. 그 이후로 결혼 전까지 가족이라는 관계로부터 멀어져 있었다.

나는 그놈을 발견하였고, 점령당하지 않았다. 오히려 내 삶을 사랑하게 되었다. 알 수 없는 선택들이 결핍에서 비롯되었음을 깨닫게 된 이후, 나의 모든 것들을 사랑하기로 했다. 그놈을 대견하게 생각하며 나에게 맞도록 적응시켰다. 나는 혼자인 것을 즐기고 있으며, 외로움이 아닌 고독이 주는 은밀한 희열 속으로 걸어 들어간다.

그놈도 나에게 감사해야 한다. 가슴 밑바닥 어두운 곳에서 꺼내와 지금 함께 햇살을 누리고 있지 않은가? 나에게 조금은 특이한 취향을 만들어 준 그놈을 나는 사랑한다. 내 안의 그놈은 빛바랜 스냅사진이다.

그녀는 늘 그 말을 삼킨다

갑자기 엄마가 보고 싶다. 엊그제 입원한 엄마의 안위를 묻기 위해 통화를 했지만, 병원을 방문할 일정을 만들지는 않았다. 보고 싶다는 말이 엄마를 보러 간다는 뜻은 아니다. 그냥 엄마를 떠올리는 감정이다.

엄마는 몇 달 전 욕실에서 넘어지며 팔을 다치셨다. 근처 병원을 방문했지만 약 처방을 받고 기다려 보자는 의사의 의견이 있었다. 아들 며느리를 앞세워 읍내의 병원 두 곳에서 진료를 받았지만, 결과는 마찬가지였다. 엄마는 계속되는 통증에 원주에 사는 둘째 언니를 불러 원주 병원에서 재진료를 받았다. 다친 부위를 그냥 내버려 둬서 뼈가 괴사를 시작했고 어깨에 물이 가득 차 있었다. 엄마는 입원 치료를 결정하고 입원 중이다.

"엄마! 좀 괜찮아? 물은 뺀 거야?"

"아이고 란아! 어떻게 알았어? 언니가 아무한테도 연락 안 한다고 서운하게 생각하지 말라며 신신당부하던데. 너한테는 전화했어?"

엄마는 뜻밖의 전화에 무척 반가워하며 어리광이 섞인 목소리로 경과보고를 했다. 자식을 일곱이나 낳고도 늘 자식이 그리운 사람이다. 키울 때 그 많던 자식이 다 어디로 갔는지 모르겠다는 말을 자주 하신다.

엄마는 아주 강한 사람이다. 삶이 엄마를 강한 여자로 만들었다. 그러나 그것은 외부 시선일 뿐이다. 엄마는 늘 이중적 감정선을 넘나들며 변덕을 부린다. 무능력했던 남편을 대신해 일곱 남매를 키우고 가르치느라 삶의 전선에서 만들어진 이성적 계산과 천생 여자로서 기댈 곳이 있어야 하는 엄마의 나약한 모습이 자식들을 혼란스럽게 만든다.

기억 속에 부모와 부대끼며 지낸 기억이 없으므로 나에게는 부모로부터 받은 상처도 없다. 다만 엄마의 부재라는 가장 큰 결핍감이 무의식 속에 존재할 뿐이었다. 그러나 다른 형제들은 드센 엄마로부터 많은 상처를 입은 것 같다. 명절 때 모여서 밤새 수다를 떨다 보면 엄마에 대한 원망이 쏟아져 나오곤 했다.

그 기억 속의 상처들은 아주 사소한 것들이다. 교복을 새로 맞춰 주지 않았다는 이야기부터 차비를 제때 주지 않았다는 불평, 머리끄덩이 잡혀서 얻어맞았다는 둥 어찌도 그리 자세히 기억하는지 모르겠다. 대부분 상처는 아주 작은 것에서 비롯되지만 오래도록 가십거리가 된다.

그런 불만들은 어린 시절 불안정한 가정환경에서 비롯되었다. 부모로부터 따뜻한 위로나 사랑을 표현 받지 못한 것에 대한 불만족은 엄마에 대한 험담 아닌 험담을 해야만 위로가 되는 듯하다. 아무튼, 우리 형제들의 기억 속에 엄마는 자식들을 사랑하지 않은 사람이다.

그런 엄마가 요즘 이성과 감성 사이에서 갈등한다. 때로는 그런 갈등이 자식들에게 변덕으로 보이고 불합리하게 느껴진다. 엄마는 사람을 그리워한다. 그 그리움의 자리를 자식들이 채워주기를 바란다. 그러면서도 자식들이 이해하지 못할 행동을 하신다. 얼마 전에는 집을 팔아서 양로원을 알아보겠다고 부동산에 내놓았다는 것이다.

"밥 한 숟가락 얻어먹으려고 껍데기 취급받기 싫다."

엄마는 아직도 자기주장이 살아있고, 옳고 그름의 판단이 분명하다. 엄마의 자존심이 오빠와 부딪히며 갈등을 만들어 낸다. 몸의 기운이 빠질수록 더욱 또렷해지는 정신은 늘 주위와 엄마 자신을 난감하게 만든다.

사랑은 낮은 곳으로 흐른다. 엄마는 한평생 자식들을 위한 삶을 살았지만, 그녀에게 자식의 사랑은 흐르지 않는다. 내리사랑이다.

"란이가 고생을 하고 살아서 그런지 엄마 마음을 잘 알아."

엄마는 가끔 그런 말을 하신다. 가까운 거리에 사는 오빠와 언니가 엄마의 손발 역할을 하고 있지만, 엄마는 어쩌다 통화하는 나에게 위로를 받는다. 그래서 그런지 엄마와 통화는 1시간 이상이 걸린다. 그녀의 넋두리와 푸념을 들어 주기에 필요한 최소한의 시간이다. 전화세 많이 나오겠다며 걱정을 하면서도 넋두리를 끝낼 의사는 전혀 보이지 않는다. 그 넋두리는 늘 똑같다. 순서라도 재편집하면 듣는 이가 조금이라도 덜 지루할 텐데. 외워둔 대사처럼 표현과 순서마저 변하지 않는다. 언니들은 그 넋두리에 질려서 전화하기를 겁낸다.

엄마는 위로가 필요한 게다. "엄마 우리 키우느라고 고생했어."라는 한 마디가 그녀의 수다가 요구하는 답이다. 자신이 살아온 삶이 가치 있는 삶이었기를 인정받고 싶은 마음이다. 그러나 누구도 그렇다고 말해 주지 않는다. 엄마의 삶을 바라보기 전에 자식들은 모두 자신의 상처와 결핍을 먼저 생각하고 있다.

이런 사랑의 미묘함이 싫다. 사랑에는 정의가 없다. 기준도 없다. 주는 마음과 받는 마음의 합일점에서만 그 가치가 만들어진다. 엄마의 삶을 돌아보면 7남매 자식들은 엄마에게 무한한 사랑과 고마움을 느껴야 한다. 그리고 엄마의 노후를 극진하게 모셔야 한다. 어느 부모와 비교해도 엄마는 대단한 삶을 사신 분이다. 그런데 엄마는 지금 마음 하나 없을 자식을 그리워하고 자신의 노후를 혼자 고민하고 있다. 엄마의 희생이 사랑이었다고 어떤 자식도 말하지 않는다.

"목소리만 들어도 좋다. 코로나인지 뭔지 때문에 면회도 하
루 한 명씩밖에 안 된대. 나는 병원에서 하라는 대로 해야
지. 그래 잘 지내라. 어여 끊어라."

그녀가 마지막에 삼키는 말을 나는 안다. "한 번 올 수 없니?"
그녀는 늘 그 말을 삼킨다. 그래서 오늘 엄마가 보고 싶다. 사랑
은 어렵고도 미묘하다. 세상에서 제일 쉬우면서도 제일 어려운
것이 사랑이다. 그런 사랑은 늘 마음을 아프게 한다.

그 일을 해야만 하는 누군가가 된다면

그녀가 내게로 왔다. 그녀는 나의 시어머니이다. 나는 이 글에
서 나의 시어머니를 그녀라고 표현하기로 했다. 왜냐하면, 그녀
를 남편의 어머니 즉 관계가 부여하는 구속으로부터 자유로운 시
선, 한 인간의 모습으로 바라보고 싶기 때문이다.

결혼하고 14년째 되던 해의 일이다. 아들이 초등학교를 막 졸업

하고 중학교 입학식을 기다리고 있을 때였다. 파주시 도립의료원에서 퇴원 절차를 밟고 그녀를 부축하여 집으로 돌아왔다. 그녀는 열흘 전에 수면제 과다 복용으로 도립의료원 응급실에 입원했었다.

일요일 아침 큰집으로 건너왔다. 지난밤 수화기 너머로 들려온 그녀의 말투가 수상했기 때문이다. 그녀가 내게 전화를 걸 일은 먹고 싶은 것이 있거나 용돈이 필요할 때뿐이다. 그런데 어제저녁에는 그냥 했단다. 특별한 용무 없이. "죽을 날 받아 놓은 뒷방 늙은이가 뭐가 먹고 싶겠냐? 주면 먹고 안 주면 굶는 거지. 그냥 해 봤다. 목소리나 들으려고." 그녀의 '그냥'이라는 한 마디는 언제나 자신을 좀 봐 달라는 투정이었다.

큰며느리에게 인사를 건네며 문간방의 문을 열었다. 그녀가 축 늘어진 채 누워 있었다.

"형님! 어머니 아직 안 일어나셨어요? 왜 여태 저러고 계세요?"

"글쎄. 아침 식사하시라고 깨워도 안 일어나시네. 그냥 둬. 더 주무시게."

대화를 이어가며 옆으로 누워 있는 노인네의 어깨를 잡아당겨 안색을 살폈다. 입가에 거품이 하얗게 말라붙어 있었다. 큰며느리는 내가 상황을 복잡하게 만들지 않기를 바라듯 시어머니에게 다가가는 것을 만류했다. 그리고는 시어머니를 향하는 나의 몸짓에서 시선을 돌리며 그냥 두라는 소리만 반복하고 있었다.

"밤새 TV 켜 놓고 안 주무시다가 새벽에 잠들면 세상 모르셔. 그냥 놔둬!"

"형님 눈에 저게 주무시는 거로 보여요? 허연 거품을 흘리고 저렇게 늘어져 있는데 더 주무시게 놔두라고요?"

순간 분노가 치밀어 올라 주무시는 거라고 만류하는 큰며느리를 밀쳐내며 소리쳤다. 그리고 분노의 손가락은 반사적으로 119의 버튼을 찾아 움직이고 있었다. 평소 같으면 보지도 않는 TV를 밤새 켜 놓는다는 둥, 밥상 두 번 차리게 한다는 둥 시어머니의 늦잠에 온갖 짜증 섞인 잔소리가 나를 맞이할 테지만, 오늘은 큰며느리의 목소리에 짜증이 빠져 있었다. 그 대신 누가 봐도 심각한 상황을 '늦잠'이라고 규정한 자신의 일관성을 유지하느라 애쓰고 있었다. 그리고 내가 자신의 일관성에 도전하는 것을 그만두고 시어머니의 '늦잠'을 기정사실로 받아들이기를 바라는 눈치였다.

그러나 그녀가 늦잠을 자느라 식사 시간을 놓칠 리 만무하다. 취침 시간이 규칙적이지는 않지만 유독 먹는 것에 집착하기 때문에 식사 시간을 기다리는 경우가 많았다. 나는 표현할 수 없는 혐오감에 휩싸였다. 큰며느리가 말하는 늦잠 뒤에 숨겨진 속내가 느껴졌기 때문이다. 며느리에게 구박받는다고 이상할 것이 하나 없는 노인네지만, 죽음으로 향하고 있는 순간이 늦잠으로 포장되어 방치되고 있는 상황은 나에게 분노를 일으키기에 충분했다. 십여 분 후에 그녀는 119의 사이렌 소리와 함께 응급실로 옮겨졌다.

응급실은 큰집에서 우리 집으로 건너오는 경유지였다. 그녀도 큰아들에게 돌아가고 싶지 않다고 했지만, 그녀에겐 선택의 여지가 없었다. 입원하고 있는 동안 큰아들 내외는 한 번도 병원을 방문하지 않았다. 죄목은 아들 앞에서 자살을 기도했다는 것이다. 자식의 처지에서 본다면 그 죄목도 부모의 처지에서 본 자식의 불효보다 작지는 않을 것이다. 퇴원하는 날도 큰아들 내외는 얼굴을 비치지 않았다. 결국, 우리 집으로 모실 수밖에 없는 상황이었다. 그렇게 그녀가 나에게로 왔다. 그러나 그녀를 동거인으로 인정하기까지 나도 치열한 계산에서 빠져나올 수가 없었다.

"아니 왜? 도대체 왜? 갓난아이 남의 집에 맡기면서 출퇴근할 때 한 번 와서 도와주지도 않더니, 집안 행사며 용돈이며 병간호에 병원비까지 육체적, 정신적, 경제적 비용을 모두 부담하고 있는데! 아이 키우고, 돈 벌고, 살림하고, 며느리 노릇에, 집안 가장 역할까지 도맡아 하며 열심히 살아보려고 애쓰고 있는데! 도와주지는 못할망정 왜 점점 더 많은 것을 요구하는 거야? 도대체 나한테 왜 이러는 거야?"

한 달 가까이 이 억울함과 분노에서 벗어날 수가 없었다. 친구들에게 주체할 수 없는 감정을 쏟아내며 스트레스를 풀어야만 했다. 감정에 휩싸인 수다를 한바탕 쏟아내자 친구가 말을 건넸다.

"란아! 너 하고 싶은 대로 해! 네가 하기 싫으면 하지 마! 누군가는 하겠지. 누군가는 해야 하는 일이니까. 자식이 하지 않으면 동네 이장이라도 들여다볼 거야."

친구의 말 한마디에 나의 분노는 일시 정지 상태가 되었다. '그래, 누군가는 해야 하는 일.' 뒤엉켜 있던 머릿속이 새로 세팅되는 기분이었다. 그 한마디가 내 사고 체계의 회로를 다른 곳으로 연결했다. 그렇게 간단하게 정리될 일이 왜 그리 힘들었을까? 누군가는 해야 하는 일이다. 내가 하지 않으면 마음 약한 이웃이라도 하게 될 일이고, 나라에서라도 책임질 일이다. 이 상황이 내게 온 것은 큰집에서 외면했기 때문이다. 내가 또 외면한다면 다른 누군가가 책임지게 될 것이다. 질서는 점점 무너질 것이고, 모든 것들은 본래 있었던 자리에서 점점 멀어지겠지. 그리고 한 노인네는 자신이 살고 있던 삶의 질서에서 점점 밀려나겠지.

그 누군가는 모든 사람에게 노출된 가능성이다. 사람에겐 사랑하고 봉사하고 희생할 수 있는 따뜻한 마음이 있다. 단지 그것이 표현되는 경우가 다르고 대상이 다를 뿐이다. 독거노인이나 보육원을 찾아다니며 봉사활동을 하는 우아한 여인이 자신의 부모나 시부모를 그렇게 정성스럽게 모실 거라고 장담할 수 없다. 길고양이에게 헌신적으로 먹이를 챙겨주는 이가 꼭 가족이나 주변 사람에게도 따뜻한 사람인 것은 아니다. 나도 막연하게나마 고아를 후원하는 일을 하고 싶어 했었다. 모든 사람은 제각각의 상황과 경우에서 '그 누군가' 일 수 있다.

나는 친구의 한 마디에 마음을 정리할 수 있었다. 그녀는 나의 시어머니이기도 하지만 힘없고 누군가의 도움이 필요한 노인일 뿐이다. 우리가 양로원에 봉사활동을 갔을 때 그 노인들의 역사를 묻거나 인성을 따지지는 않는다. 그 순간 거기에 있는 노인들에게 필요한 위안을 주려고 애쓸 뿐이다. 그냥 한 인간에 대한 배려와 사랑으로 바라보면 훨씬 쉬워지는 일이었다. 나에게 예상치 못했던 상황이 다가왔고, 그 순간을 맞이하는 누군가가 되었다.

그리고 그 순간을 나의 삶으로 선택했다.

그녀가 그렇게 나에게로 왔다. 그리고 동거인이 되었다.

님아, 그 선을 건너지 마오

7년 전 즈음의 일인가? 엄마가 82세 때의 일인 것 같다. 경로당을 하루의 일과처럼 다니시던 엄마가 어떤 영감님으로부터 프러포즈를 받았다. 나는 그 사실이 무척 재미있고 반가웠다. 엄마가 친구처럼 밥도 같이 사 먹고, 서로 안부도 물으며 지낼 수 있는 영감님이 생기면 외롭지 않을 것으로 생각되었기 때문이다. 그리고 그런 이야기를 전하는 엄마가 귀엽기도 했다. 나이가 들어도 여자는 여자인가 보다.

"엄마! 잘됐네. 친구처럼 잘 지내봐요."

그러나 엄마는 그 사실을 자랑처럼 이야기하면서도 말끝은 단호했다.

"미친놈의 영감탱이. 다 늘어서 무슨 주책이야."

엄마는 왜 미친놈의 영감탱이 주책이라고 했을까? 즐거운 표정을 감추지 못하고 들떠서 이야기했으면서도 말이다. 그녀는 자신의 정체성을 확인하는 순간 기뻤을지도 모른다. 누군가에게 특별하게 대우받는다는 것, 더구나 삶 속에서 잊힐 수밖에 없었고 잊고 살아야 했던 '여자'로 대우받는 것은 그 자체만으로 의미가 있는 순간이다.

그러나 엄마는 잘 알고 있었다. 더는 '여자'라는 이름이 삶 속에 있을 필요가 없다는 것을. 엄마는 이미 그 이름 너머에 존재하고 있었다.

사실이 그렇다. 내가 생각하는 친구는 환상이다. 친구라면 일상 속의 이웃이다. 만나고 지나치는 지점에서 안부를 묻고, 조언이나 대화가 필요할 때 스스럼없이 이야기할 수 있다. 둘만의 식사와 대화를 할 수 있는 관계를 원하는 것은 사랑에 대한 욕망이다. 영감님은 사랑이 하고 싶은 거다. 누군가에게 특별한 존재가 되고 싶고, 손잡고 싶고, 몸을 비비고 싶은 음양의 끌림이 성긴 세포 속에도 여전히 존재하는 것이다. 노인들의 세계에는 젊은 청춘의 특별한 끌림이 없을 것이라는 착각은, 젊은이들의 자기중심적인 생각일지도 모른다.

나는 이 문제에 대해 지극히 개인적이고 주관적인 견해를 가지고 있다. '이성'이라는 '다름'에 대한 끌림은 봄과 여름의 시절만으로 충분하다. 한 그루의 나무와 풀 한 포기는 봄과 여름에 꽃을 피우기 위해 온몸에 신경을 집중하고 화려한 치장을 한다. 그러나 꽃이 지고 나면 수분의 공급을 중단하고 열매를 키우며 단단하게 하기 위한 일에만 집중한다. 그리고 스스로 물들어간다. 가을 산천의 아름다운 단풍은 화려한 색으로의 채움이 아니라 여름을 비워냄으로써 이루어진다는 것을 잘 알고 있다. 그리고 버석한 갈 소리를 내며 자신을 데려다줄 한 줄기 바람을 기다린다.

남편에게 엄마의 에피소드와 관련하여 보라매공원에서의 노인들의 사랑을 이야기했다.

"좋잖아! 노인들이 얼마나 쓸쓸하고 외로우면 할머니 할아버지를 찾겠어. 서로 위안이 되어줄 짝을 만나서 꽁냥꽁냥 사랑하는 것도 귀엽지 않아?"

"사람이 이렇게 순진해서야. 꽁냥꽁냥은 무슨 꽁냥꽁냥. 콩볶아 먹나? 할아버지들도 능력이 있어야 할머니를 만나는 거야. 거기에서도 경쟁이 치열해요. 돈 들고 순서를 기다린다잖아. 남자들은 어쩔 수 없어. 70이 넘어도 여자를 찾게 되어 있는 거야."

남편의 말은 너무 삭막했다. 어떻게 사물을 바라보는 시선이 그 럴까? 그를 원망했지만 내가 순진한 것인지도 모른다. 그것이 현 실이기 때문이다.

이 문제를 다룬 영화를 본 적이 있다. 배우 윤여정 씨가 주연한 「죽여주는 여자」다.

영화 속 주인공 소영은 박카스 할머니로 불리며, 할아버지들을 사랑한 대가를 받아 생계를 책임지고 있는 '죽여주는 여자'였다. 그러나 노인들의 사이에서 거래만 있었던 것은 아니다. 그들은 그 과정에서도 인간적인 고찰이 있었고 서로의 처지에 대한 연민 과 애정이 있었다. 그리고 그들만의 질서를 만들고 있었다.

어느 날 그녀의 단골인 송 노인이 뇌졸중으로 쓰러지고 가족으 로부터 외면당하자 소영에게 죽여 달라고 부탁을 한다. 그때부터 소영은 진짜 죽여주는 여자가 되었다. '죽여주는 여자'는 마지막 본능인 사랑마저 원할 수 없게 된 노인들을 죽여주는 방법으로 사 랑을 준다.

보라매공원의 노인들은 가시 발린 생선처럼 자신이 살아왔던 모 든 관계와 삶에서 분리되었다. 사랑을 향한 본능과 생존과 고독 속에 놓여 있다. 그리고 그들만의 사는 방법이 그곳에서 만들어 졌다.

「님아, 그 강을 건너지 마오」라는 영화는 많은 사람의 가슴에 아련하고 쓸쓸한 아름다움을 선사했다. 장면 속에 빠져들어 눈물을 흘리지 않을 수 없다. 그들의 사랑이 다름에 대한 끌림이었고 이성에 대한 사랑이었을까?

그들의 사랑은 동일시의 사랑이었다. 자신들의 옆에서 한평생의 삶을 고스란히 녹여 온 인간에 대한 연민이고 그리움이다. 그들의 뼈는 살 속에서 삭여지고 녹아들었다. 둘이 함께 살아오고 늙는 과정이 그들을 삶 속에 있게 했다. 그들은 한 몸이었고 하나의 영혼이었다.

노인 문제가 심각한 시대에 살고 있다. 나도 늙어 가는 중이다. 누구 하나의 노력으로 될 일은 아니다. 스스로 비워가며 자신의 뼈를 녹여야 하고, 가족과 사회가 그 뼈의 살이 되어 주어야 한다. 인간이 삶에서 사라질 때는 삶 속에서 사라져야 한다. 그것이 사랑이고 인간에 대한 예의이다.

고등생명체일수록 사랑이 필요하다

인간이 만물의 영장이라고 하지만 내가 보기에는 생명 중에 가장 나약한 존재로 보인다. 최고의 고등동물인 인간이 스스로 살아남는 일에 가장 취약하다.

이틀 전, 둘째 언니로부터 전화가 왔다.

"아휴, 엄마 때문에 미치겠어. 우리 엄마 도대체 왜 저러니?"

일주일 전 어깨를 다친 일로 병원에 입원했던 엄마가 퇴원 후에 언니의 집에 잠깐 머물렀다. 혼자 집에 있기 싫다는 것이다. 최근 들어 엄마는 사람을 부쩍 그리워한다. 그러나 집에 앉아서 엄마와 놀아줄 사람은 없다. 언니가 출근하고 나면 또다시 혼자 있을 수밖에 없는 상황은 변하지 않는다. 그래서 병원에서 받아주지 않는데도 다시 병원에 입원을 강행했었다. 거기까지는 좋다. 그 정도는 엄마의 마음을 이해하는 데 장애가 없다. 그런데 언니를 미치게 하는 일이 발생했다. 엄마가 약장사를 불러들이려고 한다는 것이다.

코로나19가 시작되기 전에 엄마는 소위 말하는 '약장사'를 찾아 다니며 수백만 원씩 뿌리고 다니셨다. 어른들이 '약장사'라고 부르는 사람들은 건강식품이나 의료기, 가전제품 등을 가지고 다니며 동네 노인들을 대상으로 판매하는 사람들이다. 그들은 무료한 노인들에게 즐거운 오락이나 공연을 제공해 주기도 하고, 마사지나 의료기 체험을 시켜주며 영업을 한다. 그러다 보니 동네 노인들에게는 그들만큼 즐겁고 친절한 사람이 없다.

엄마는 그들이 몇 주 동안 영업을 하다가 철수하면 경로당과 노인대학의 프로그램에 참여하며 건전한 생활을 하기도 했지만, 그들이 돌아와 본부를 차리면 여지없이 그곳으로 달려가신다. 아직 경제적 능력이 있고 통 큰 엄마는 그들의 1호 고객이다.

"니들은 돈을 줘도 그 애들처럼 나를 살갑게 대해주지 못하잖아!"

고가의 제품을 사들일 때마다 핀잔을 주는 자식들에게 엄마는 강한 어조로 자신의 행동을 합리화한다.

젊은 청년들은 엄마를 집까지 모셔가고 모셔오며 "엄마, 엄마." 하고 다정한 말과 스킨십으로 극진히 대한다. 자식들이 주지 못하는 사랑을 돈과 그 청년들이 제공하고 있다.

약장사들에게서 사들인 물건만 해도 몇 천만 원은 넘을 것이다. 돌침대부터 온갖 건강식품과 약들. 건강 매트에 무슨 기도발 드는 도자기까지. 엄마 집의 방 하나는 그곳에서 사들인 물건으로 가득하다.

병원에 입원해도, 언니 집에 머물러도, 사랑의 표현이 그리운 엄마는 결국 약장사에게 전화를 걸어 개별 방문을 계획 중이다. 이 사실을 알고 언니는 성질이 머리끝까지 올라서 푸념을 늘어놓고 있다.

시어머니의 이기적인 욕심을 탓하고 있었는데 우리 엄마도 자신의 욕심 앞에서 모든 이성의 끈을 놓아 버렸다. 그저 당신이 하고 싶은 일을 기어이 하고 마는 것이다. 그것이 무엇을 의미하는지, 자식들이 어떻게 생각하는지는 중요하지 않다. 당장 필요한 것을 원하는 무법자들이다.

"아이고, 우리 시어머니 흉봤더니 우리 엄마도 똑같이 늙어 가네. 어쩌면 좋을꼬?"

시어머니는 자식들에게 무엇인가를 끊임없이 요구하며 관심의 끈을 확인하려 하고, 엄마는 돈으로 사랑을 사려고 한다. 그들의 본능에 남아 있는 것은 누군가에게서 사랑받고 싶은 욕망뿐이다. 그 사랑을 위해 자신들이 감내해야 하는 것이 무엇인지는 구분할 줄 모른다.

나이가 들면 어린애가 된다는 말은 하나도 틀리지 않다. 생명이 태어난 순간 의식은 카오스 상태에 있으며, 오직 본능만이 작동한다. 아이가 스스로 판단하고 책임질 수 있을 때까지 사랑이 담긴 보살핌이 필요하다. 한 생명이 완전해지기 위한 과정이다. 그런데 나이가 들어 자연으로 돌아가는 길에 또 그 과정이 필요하다. 인간만이 죽음으로 향하는 여정에 사랑을 찾는다. 그들의 의식은 또다시 혼돈에 빠지고 본능만 작동하고 있다.

"언니! 벽에다 써 붙이자. 우리가 늙어서 판단이 흐려지면 똑같아질지도 모르잖아. 그러니까 어떻게 늙어야 하는지, 또 늙어서 어떻게 행동해야 하는지 벽에 써 붙이고 스스로 교육을 해야 해."

언니와 나는 어찌할 수 없는 상황에 웃을 수밖에 없었다.

인간은 사랑 앞에 참으로 나약하다. 태어나서부터 늙고 죽어가는 순간까지 누군가의 관심과 보살핌을 필요로 한다. 인간만이 그러하다. 식물은 스스로 싹을 틔우고 광합성을 하며, 시들어가는 과정을 혼자 겪는다. 개체의 생명주기에 있어 자연과 대응하는 방식이 독립적이다. 동물의 경우는 태어나서 독립하는 시기까지만 어미의 보살핌과 사랑을 필요로 한다. 다만 그 과정이 짧고 길고의 차이가 있을 뿐이다. 젖을 먹이거나 먹이를 물어다 주는 등 일정 기간의 보살핌이 있어야 하지만, 어미로부터 독립하고 난 이후에는 스스로 적응하고 혼자 죽어간다.

최고의 고등동물인 인간은 어떠한가? 태어나면서부터 생명의 마지막 순간까지 사랑을 필요로 한다. 가장 나약한 모습이 아닌가? 혼자라는 것의 두려움과 외로움을 견디지 못한다. 젊어서 힘이 있을 때는 누군가를 돌봐야 하고, 어린아이나 노인이 되어서는 누군가의 관심과 사랑 없이는 살 수 없다.

살아있는 매 순간을 사랑 속에 살지만, 아이러니하게도 우리의 부모들은 사랑을 모른다. 받을 줄도 모르고 주는 방법도 모른다. 그들이 원하는 사랑이 어떻게 만들어지는지 전혀 감을 잡지 못한다. 그저 본능이 원하는 욕망에 따라 떼를 쓰고 있다. 진정한 사랑으로부터 소외된 삶을 살아온 사람들이다.

늙은 부모를 모신다는 것은 아이를 어른으로 키우듯, 어른을 아이로 돌려보내는 일이다. 인간만의 특성이다. 인간은 사랑을 통해 태어나고 사랑 속에서 죽어간다. 어떠한 경우라도 죽어가는 과정에 방치되는 일을 자연스러운 현상이라고 생각하지는 않는다. 이것이 인간의 본질이다. 인간은 사랑 앞에 가장 나약한 존재이지만 끊임없이 사랑을 추구함으로써 최고의 고등생명체가 되었다.

짐이 되는 방법으로 마지막 사랑을 주다

오랜만에 남편과 긴 시간 대화를 나누었다. 술을 한잔 걸치고 들어온 남편이 먼저 말을 꺼냈다.

"이제 큰집하고는 끝났어. 남남이랑 똑같아. 앞으로는 볼 일 없어."

지난 추석부터 큰집에서 제사를 안 지내겠다고 선언을 했다. 나는 정 그렇다면 절에라도 모시고 1년에 한두 번 가족끼리 찾아뵐 방법을 의논해 보라고 조언했었다. 그것에 대한 답변을 받은 것인지는 모르겠지만, 남편이 던지는 말투에는 자괴감이 들어있었다.

큰집에서 그동안 명절이나 제사를 성실하게 모셔 온 것은 아니다. 핑계거리만 생기면 건너뛰고 부담스러워 했다. 그러므로 이런 상황이 놀라운 일은 아니다. 결국, 마지막 남은 맏이의 역할을 포기하려는 구나 정도로 생각했다.

뜬금없는 말 한마딜 던져 놓고 소파에 기대어 앉아 있던 남편이 갑자기 몸을 일으켜 세우더니 말을 이었다.

"우리도 죽으면 화장해서 아무 데나 뿌려버리라고 해. 죽은 사람이 뭔 소용이겠어. 산 사람이나 잘 살면 되지."

남편이 말하는 잘 산다는 의미는 뭘까? 하고 싶은 대로 하고, 하기 싫은 일은 나 몰라라 하는 것이 잘 사는 것일까? 나는 남편의 이야기에 동조할 수 없었다.

"난 싫은데. 벌써 민섭이한테 약속받아놨어. 나 죽으면 1~2시간 거리의 나무 밑에 수목장을 지내 달라고. 그리고 1년에 1번 이상 가족과 함께 소풍 오는 마음으로 꼭 다녀가라고. 부모에게 어떤 부담감도 없이 살아도 되지만, 자식으로서 그것 하나는 지켜 달라고 말했어."

우리는 이 문제로 한 시간 넘게 대화를 나누었다. 물론 대화는 영혼 얘기부터 서구 문화의 이야기까지 산으로 갔다가 바다로 갔다가 중구난방이었지만 결론은 나의 승리로 끝났다. 남편은 자신의 주장에 백기를 들었다.

"그래? 그럼 나도 생각을 다시 한번 해봐야겠는데."

죽은 사람의 이야기를 하고 싶은 것이 아니다. 산 사람의 이야기를 하려는 것이다. 생활 풍습은 시대의 변화에 따라 달라지게 마련이지만, 그것이 주는 나름의 의미가 있다.

오늘날 명절은 모든 사람에게 뜨거운 감자다. 특히 차례상을 준비하거나 손님을 맞이해야 하는 처지에 있는 사람에겐 더욱 힘든 일이다. 그런데도 그 노고가 주는 선물이 있다. 명절은 조상을 모시는 비현실적 이유뿐만 아니라 흩어진 가족들이 한자리에 모여 소통할 수 있는 현실적 이유가 있다. 가족들이 모인 자리에서 사는 이야기를 나누거나 어린 시절의 추억을 떠올리는 것은 다른 곳에서 얻을 수 없는 즐거움이다. 그리고 조상의 영혼 앞에 경건한 마음을 갖게 됨으로써 자신을 겸손하게 낮출 수 있는 몇 번의 기회를 만들어 준다. 또 가족이라는 관계를 한 번쯤 점검하게 되는 시간이기도 하다. 사람들은 이런 작은 일들이 자신의 영혼을 정화하고 마음의 중심을 잡아 주며 현재의 삶을 단단하게 해 준다는 사실을 모른다.

서양은 조상을 모시는 대신 하나님을 믿고 예수를 찬양하는 문화를 가지고 있다. 그들은 크리스마스나 부활절을 우리의 명절만큼 즐겁게 지낸다. 가족이 모이고 가까운 친구와 사랑하는 사람들을 초대하여 즐거운 하루를 보낸다. 그들은 크리스마스나 부활절 준비를 하면서 짐이라고 생각하지 않는다. 자신들의 상황에 맞춰 소박하게 또는 화려하게 즐길 줄 안다.

모든 문제는 바라보는 관점에 따라 다르다. 얼마 전까지만 하더라도 명절은 우리에게 설렘으로 기다려지는 날이었다. 그러나 오늘날 더 없이 부담스러운 날이 되었다는 건 가족 간의 관계가 얼마나 고립되고 비틀어졌는지 알 수 있는 반증이다.

나는 아들에게 짐이 되는 방법으로 마지막 사랑을 주려고 한다. 아들의 발걸음이 어렵지 않을 만큼의 거리에 엄마로서의 흔적을 남겨주고 싶다. 이다음에 아들이 아내와 아이의 손을 잡고 찾아와야 할 구조적인 짐이 되려고 한다. 돗자리와 도시락을 들고 와서 자연이 주는 편안함을 느끼기도 하고, 자식에게 자신의 어린 시절 이야기를 들려주기를 바란다.

혹시라도 혼자 감내해야 할 아픔이 있을 때는 맥없이 앉아 넋두리할 수 있는 곳이 되길 바라는 마음이다. 세상에 묻지도 따지지도 않고 자신의 편이 되어 주는 사람이 있었다는 사실이 얼마나 큰 위안이 되겠는가?

짐으로 여긴다면 다른 곳에서 위안을 받을 수 있으니 그것으로 충분하고, 다행히 사랑으로 느낄 수 있다면 아들의 추억이 되고 보이지 않는 힘이 될 수 있으니 얼마나 감사한 일인가?

삶은 공평하다. 고통으로 느껴지는 삶의 짐 꾸러미들을 살며시 풀어보라. 그 안에 숨어 있는 선물을 발견할 수 있다. 인생의 절반을 살고 나서야 삶의 신비한 수수께끼를 하나씩 알게 된다. 단, 짐을 짊어진 사람에게만 보따리를 풀어볼 기회가 주어진다.

가족이라는 불안에서 벗어날 것

모든 사물에는 내용과 형식이 있다. 형식은 내용을 가장 잘 표현하거나 온전하게 유지하기 위한 형태로 만들어진다. 내용의 성질이 변할 때 형식도 그에 따라 변하게 마련이지만 역으로 형식이 내용의 변화를 구속하거나 왜곡시키는 역할을 하기도 한다. 이러한 변화의 과정에는 당연히 갈등과 마찰이 뒤따른다. 그러나 일정 기간 내용과 형식은 사물이 그것이게끔 하는 가장 적절한 상태에 놓일 수 있다.

사랑에도 사랑을 담고 유지하기 위한 관계의 형식이 존재한다. 둘만의 관계로 사랑을 유지하던 연인은 결혼을 통해 사랑의 약속을 견고하게 하고 확장하여 가족이라는 관계를 형성한다. 그러므로 가족 관계의 변화를 살펴보면 사랑의 내용과 형식이 어떻게 변화됐는지 알 수 있다. 그러한 변화의 배경에는 경제적 토대의 변화를 필연적으로 동반하지만, 나는 사랑의 문제를 바라보는 시각에서 오늘날의 가족 관계에 대하여 말하려 한다. 왜냐하면 '나'란 존재가 외부세계에 대하여 처음으로 맺는 인간관계가 가족이기 때문이다.

가족은 주로 부부를 중심으로 한 친족 관계에 있는 사람들의 집단, 또는 그 구성원. 혼인, 혈연, 입양 등으로 이루어진다. 국어사전에 등재된 가족의 정의이다.

혼인은 '나'와 또 한 사람의 '나'가 결합하는 것을 의미한다. 그러나 단순한 물리적 결합을 말하는 것은 아니다. 물리적 결합을 넘어 새로운 질서의 세상을 창조하는 것이다.

'나'란 존재가 육체와 영혼의 유기적 결합체로서 모든 대상에 작용하는 주체이듯, 결혼은 상대를 나와 똑같은 독립된 주체로 받아들이는 것이다. 그러면서도 동시에 독립된 주체들 사이의 유기적 관계를 형성하는 것이다. 가족이라는 더 큰 세계를 만드는 것이다. 그러나 각자 다른 개성을 가진 존재들이 어떤 형식의 관계를 유지하기 위해서는 구성원들 간에 각자의 개성을 일부 통제하기도 하고 또 통제당하기도 한다.

이러한 공유 방식이 가족의 형태를 변화시킨다. 원시공동체 사회는 대가족 시대로 변화되었고, 40~50년 전부터는 핵가족 시대가 주를 이루고 있다. 자신의 개성을 온전히 발현하기를 갈망하는 구성원들은 이러한 변화에 가속도를 붙이며 한 세대를 넘기지 못하고 새로운 형태의 관계를 만들어 내고 있다. 바로 1인 가구 시대의 출현이다. 변화의 흐름은 관계의 단위를 점점 소규모로 분화시키고 있다.

　나는 가족 구성원들 간의 정신적 교류와 결합의 에너지를 '사랑'이라고 부른다. 사랑의 에너지가 강할수록 결속력이 강한 관계가 유지된다. 그러나 공유의 삶을 유지하기 위해서는 누군가의 희생이 필요하다. 그것이 이해와 타협이라는 평화적 방법을 통해서든 자발적 희생에 의해서든 어떤 대가가 따르게 마련이다. 왜냐하면, 관계는 온전한 각 개인의 개성을 그대로 표출하며 유지되기는 힘들기 때문이다. 가족뿐만 아니라 어떠한 관계에서도 희생은 필요악이다.

　대부분 전체의 공익을 우선시하는 사람이 희생의 몫을 담당하기 마련이다. 현재까지의 가족제도에서는 대부분이 여성이 이 부분을 담당해 왔다. 가정의 화목과 평화를 위해 자신의 개성을 포기하고 두세 가지의 역할을 동시에 수행하며, 구성원들 간의 소통을 위한 가교역할을 한다. 실제로 가족 관계 변화의 핵심에는 여성의 역할과 지위의 변화가 자리 잡고 있다. 원래 '여성'이 갖는 고유성이 이런 역할을 자임할 가능성이 아주 크다. 신화에서도 여성이 대지의 여신을 가리키듯 포용할 수 있는 마음을 갖고 있으며, 공격적이기보다는 수용하려는 경향이 강하기 때문이다.

그러나 현대 사회의 여성은 더는 희생의 몫을 감당하려고 하지 않는다. 그럴 수 있는 배경에는 경제적 독립이 가능해졌다는 이유와 임신, 출산의 생물학적 구속에서 벗어날 수 있는 조건이 배경에 깔려 있다. 그런데도 여성 대부분은 스스로 사랑을 실천하는 주체로서의 자신의 자리를 포기하지 않았다. 독립된 경제활동을 하고 있음에도 여전히 한 가정에서 일과 육아 그리고 가족 구성원의 관계를 풀어가는 중심축에 있었다. 그러나 요즘은 상황이 다르다. 여성들이 이 중심축으로부터 이탈을 시작한 것이다. 이제는 결혼을 원하지 않으며 가정보다 자기 일을 통해 행복을 찾으려고 한다.

1인 가구 시대의 등장은 가족이라는 관계의 해체를 의미한다. 관계의 유지에 필요했던 사랑의 에너지는 자신에게로 집중되고 있으며 개인의 행복을 위해 외적 구속의 형식을 거부한다. 가족이나 직장뿐만 아니라 어떠한 관계에서도 구속의 힘은 점점 붕괴하고 있다. 인간이 경제적 구속으로부터 자유로워지면서 개인의 자유의지를 구속할 어떤 관계도 더는 해체의 위기에서 벗어날 수 없다.

형식이 없으면 내용이 불안정한 상태가 되어 언제 어디로 흐를

지 알 수 없다. 형식은 구속이 될 수도 있지만, 구성원들을 안정적으로 보호하는 틀이기도 하다. 불안정성은 개인의 영혼을 불안하게 하고 위태롭게 한다. 개인의 불안함은 곧 사회의 불안으로 이어지기 때문에 국가가 다양한 제도의 틀로서 그런 안정을 추구하게 된다. 그런데 이제 개인들의 자유의지가 그런 제도적 틀을 넘어서는 현상이 발생하고 있다. 물론 새로운 시스템이 만들어지겠지만, 그 구속력은 매우 느슨해질 수밖에 없다.

얼마 전 인터넷과 핸드폰 안에서 연결되고 있는 사람들을 보며 새삼스러운 생각이 들었다. 네트워크 세상. 세계의 수많은 사람이 자신들의 가치관과 기호를 따라 형식 없이 에너지로 결집하는 현상을 목격한 것이다. 그들은 물리적 관계를 형성하지 않으면서 자신들이 원하는 세상으로 모여들어 수많은 정보를 방출하기도 하고 얻어가기도 한다. 네트워크의 세상에는 관계를 유지하기 위한 어떠한 구속도 존재하지 않는다. 개인의 이해와 자유의지에 의한 선택만이 필요할 뿐이다.

이러한 현상은 세계를 연결하는 방식에 있어 구조적 시스템에 의존하지 않고 개별적 선택으로 이루어진다. 그것의 단적인 예가 돈의 흐름이다. 우리는 지구 위 어느 구석에 있는 상품이라도 직접 구매할 수 있는 시대에 살고 있다. 또 개별적 거래를 통해 자신의 가치를 재화로 연결하고 있다. 시간과 공간을 초월한 교류와 접촉하는 것이다. 개인들이 직접적인 활동 단위이다. 어쩌면 미래의 세계를 상상할 수 있는 단서가 될지도 모른다.

아주 가까운 미래에 사랑은 어디에 놓여 있을까? 사랑은 이제 형식적 관계 속에서 만들어지지 않는다. 오로지 자발적 발현으로서만 존재할 것이다. 사랑의 형식은 필요치 않다. 자신의 주파수를 따라 에너지에서 에너지로 흐르게 될 것이다.

모든 관계의 기초 단위가 가족에서 개인으로 분화되는 과정에는 개인들의 높은 의식 수준이 필요하다. 왜냐하면, 자신의 내용을 통제하고 안정시킬 수 있는 형식이 바로 자신이기 때문이다. 내용으로서의 '나'와 형식으로서의 '나'가 하나이다. 스스로 욕망하며 스스로 통제하고 스스로 안정을 추구해야 한다. 우리는 현대 사회의 테마가 되는 '나를 사랑하라'라는 말의 의미를 깊숙이 이해해야 한다. 결국, 나를 사랑하는 방법과 내용이 모든 관계의 질을 결정할 것이며, 세계로 흐르는 에너지의 내용이 될 것이기 때문이다.

꽃과 그림자가 걷기를 멈추게 했다.
또 질문의 늪으로 걸어 들어간다. 허상인가? 실재인가?

6장 '길'

: 신의 그림자

초록빛 행성에는 무엇이 있겠는가?

우주에서 지구는 고요하고 아름다운 초록빛 행성이다.

여름의 끝자락을 잡고 속초로 향했다. 오래된 친구를 향하는 길이었다. 대학교 때 인연을 맺은 후로 지금까지 변함없이 우정을 이어 온 친구들이다. 속초가 고향인 친구 둘이 30대 후반에 낙향하여 산 밑에 예쁜 집을 마련하고 소박하지만 다채로운 삶을 즐기고 있다. 나는 원주에 사는 친구와 동행하였다.

"얘들아! 지금 저 소리 들리지?"

점심 식사를 마치고 친구들은 방바닥에 배를 깔고 엎드려 담소를 즐기고 있었고, 나는 툇마루에 걸터앉아 햇살을 즐기며 친구들의 수다에 끼어들었다. 우리는 열어젖힌 문간 너머로 바람에 흔들리는 대추나무의 사각거리는 소리와 이리저리 자리를 옮겨가며 **"뾱뾱"** 거리는 새소리를 들으며 나른함에 잠겨 있었다.

"뭔 소리? 새소리?"

"아니. 저 파란 잎사귀가 재잘거리는 소리. 쟤들이 뭐라는지
알겠어?"

'우리를 너무 평화롭게 바라보지 마! 우리는 지금 생존을 위해
치열하게 싸우는 중이야. 이제 곧 햇살은 차갑게 식어갈 거고, 바
람은 우리의 존재를 부정할 텐데. 우리는 지금 해야 할 일에 집중
해야 한다고!'
나는 대추나무의 사각거리는 소리를 통역해 주었다. 우리는 대
추나무의 세계는 모른다. 먼발치에서 감상할 뿐이다. 우리에게
잎사귀들의 속 시끄러운 소리는 한낮의 나른함을 달래주는 배경
음악일 뿐이다.

"깔깔깔! 아니 우리 씩씩한 상란이가 왜 갑자기 철학자가 된
거야? 항상 명쾌하고 심플하게 잘 살면서 왜 그래?"

친구 향숙이가 재미있다는 표정으로 속내를 궁금해했다. 나는
늘 생각을 달고 산다. 어떤 때는 일어나지도 않을 일까지 끌어다
고민하느라 머리가 아프다. 그런데 친구들은 내가 쉽게 결단하고
주저함 없이 행동한다고 말한다.

아름답고 신비스러운 초록빛 행성 안에는 무엇이 있겠는가? 인

간은 지구가 아름답게 빛나는 초록별이라는 생각을 한 적이 없었다. 인간이 지구 밖에서 내려다보기 전에는. 인간 세상은 고(苦)였고, 죄의 덩어리였다. 생명을 유지하기 위한 구속에서 벗어날 수 없고, 경쟁해야 하며, 나의 안전을 확보하기 위해 타인의 안전을 위협하고 있다. 늘 쳇바퀴 같은 삶이 삶으로부터의 탈출을 꿈꾸게 한다. 그러나 인간의 시선이 인간의 삶에서 벗어나자 인간의 세상을 아름답다고 말한다. 우주에서 가장 아름답게 빛나는 별이라고.

누구나 경험하는 일이다. 머릿속이 복잡하고 헤어 나올 수 없는 미궁에 빠져 있는데 남들은 별것 아닌 것처럼 취급하거나 아주 쉽게 말하는 것을. 그럴 때면 남의 속사정도 모르는 그들이 원망스럽다. 당연한 일이다. 그들은 내가 아니다. 그들은 나를 밖에서 보는 사람들이다. 마치 인공위성이 찍어낸 지구의 사진처럼 "삶은 원래 그런 거야. 별것 아니지. 지나고 나면 웃으며 생각하게 되는 일이야."라고 말한다.

멀리서 볼 때 더 선명해지는 것들이 있다. 가까이 들여다보면 복잡하고 난해하다. 저마다 다른 시련이 있고 이유가 있다. 그러나 알고 보면 모두 같은 원리로 작동하는 삶이다. 행복해 보이기만 한 집도 나와 별반 다르지 않고, 나만 못 살고 있나 하고 좌절

하다가도 다른 이의 삶도 그러하다는 사실을 알게 된다. 존재하는 모든 것들은 대립과 의존의 내적 동력을 전제하고 있다. 구체적 상황을 이해하고 보면 모든 것이 다 그러하다. 그러나 한발 물러선 시선으로 보면 나름의 고유한 아름다움이 보인다. '나다움'이 더 잘 드러난다. 대추나무의 여유, 상란의 단순함이 보인다. 사람들이 죽을 것만 같았던 시절을 회상할 때 웃으며 이야기할 수 있는 것은 힘들게만 느껴지던 삶을 과거의 거리에 놓고 볼 수 있기 때문이다. 사실은 그 자체가 아름다운 과정이었기 때문 아니겠는가? 자신으로부터 한 발자국 물러나 바라보자. 내 삶에서 다른 빛이 나고 다른 향기가 난다. 나만의 아름다움을 볼 수 있다.

아름답고 신비스러운 초록빛 행성 안에는 무엇이 있겠는가?

그림자에도 에너지가 있을까?

강둑을 걸을 때마다 콘크리트 위에 피어있는 한 무더기의 꽃이 나의 시선을 사로잡는다. 이 꽃은 특이하다. 가로등 중간 즈음에 매달린 렌즈에서 피어난다. 땅속에 뿌리를 두지 않았다. 뿌리가 공중에 떠 있고 꽃은 땅 위에 핀 별종이다.

이 꽃에 마음이 끌린다. 흰 꽃 두 송이와 분홍색 꽃 한 송이가 어우러져 제법 조화롭게 피어있다. 꽃송이 주변으로 몇 개의 연두색 이파리도 있고, 동전 크기만 한 눈꽃 형상을 한 무늬도 함께 피어있다. 족보 없는 꽃이지만 산책길의 시선을 빼앗을 만큼 아주 예쁘다.

이 옆을 지나갈 때마다 꽃을 밟지 않으려고 애쓴다. 껑충 뛰어넘거나 한 발짝 돌아서 지나간다. 시선을 놓지 않으려고 고개를 한참 돌리면서도 말이다.

이 꽃은 실재인가? 사람들의 마음을 빼앗고 나에게 질문을 던지는 힘을 가지고 있다. 저 허상 같은 꽃도 힘이 있는 것인가? 에너지가 작동하고 있는 실재인지 궁금해진다. 내 발걸음을 돌아가도록 강요하고 껑충 걸음을 걷게 하는 힘.

내가 그 이상한 꽃에 마음을 빼앗기며 걷는 발끝으로 그림자가 들어온다. 아까부터 빛을 따라 앞에서 걷기도 하고 뒤에서 따라오기도 하며 시선에서 아롱거리는 녀석. 한 몸처럼 평생을 살았는데 한 번도 의식하지 못했다. 어려서 그림자밟기 놀이를 할 때도 있었고, 형광등 불빛 아래서 이 글을 쓰고 있는 순간에도 키보드를 두드리는 손가락을 따라 함께 움직이고 있다.

잠시 벤치에 앉았다. 꽃과 그림자가 걷기를 멈추게 했다. 또 질문의 늪으로 걸어 들어간다. 허상인가? 실재인가? 에너지가 작동하고 있는가? 이런 질문에 대한 대답은 분명하다. 그것들은 존재가 아니다. 스스로 변화할 수 있는 동력이 없다. 단지 빛의 부재일 뿐이다. 실재에 의존하는 허상. 그런데도 나는 꽃을 피해 걸으며 마음을 빼앗긴다.

그렇게 한참을 앉아 있다 보니 어린아이의 웃음소리가 들린다. 엄마의 손을 잡고 남자아이가 꽃 위에서 깡충거리며 뛰고 있다. 아이는 운동화 위에서 출렁거리는 꽃이 신기한 모양이다. 엄마는 그런 아이를 보며 웃고 있다.

강바람이 세차게 불어오자 꽃잎이 흔들린다. 렌즈에서 내리쬐는 빛줄기가 바람에 부딪히자 꽃잎이 대신 떨고 있다.

경계

내 산책길의 경계는 굴다리까지이다. 굴다리 앞까지 걸었다가 돌아오면 7천 보 전·후의 걸음을 걷게 된다. 매일 6천 보 걷기를 목표로 하고 있으므로 더 걷는 일은 시도하지 않는다. 처음에는 6천 보 걷기도 버거웠는데 3~4일 정도 지나고 나니 굴다리 너머로 이어진 길이 궁금해진다.

사람들은 내 앞을 지나쳐 굴다리 아래로 이어진 길을 당연한 듯 걸어간다. 그들의 경계는 굴다리 너머에 있다. 나는 굴다리 너머의 길이 궁금했지만 쉽게 시도하지 않는다. 왜냐하면, 스스로 거기까지를 경계로 하고 있었기 때문이다.

굴다리는 읍내의 경계이기도 하다. 읍내 외곽으로 이어진 강을 따라 둑길이 이어져 있다. 그러므로 굴다리를 지나간다는 것은 읍내의 경계를 넘어서는 일이기도 하다.

며칠째 굴다리 너머의 길이 궁금했지만 어디까지 이어져 있을지, 강 건너로 연결되는 길이 있는지, 너무 멀지는 않을지 알 수 없어 경계를 넘는 일을 시도하지 않는다. 마치 저곳을 통과하면 어디서 멈춰야 할지 모르고 계속 걷게 될 것 같은 느낌이 발걸음을 돌리게 한다.

"죄송한데요. 어디까지 가시는 거예요? 저쪽으로 가면 어디
가 나와요? 강을 건너서 돌아오는 길이 있나요?"

담소를 나누며 걸어오고 있는 아주머니 두 분을 불러 세워 물었다. 그들의 발걸음에는 굴다리 아래를 지나 계속 걷겠다는 의지가 있었다.

"저기 보이는 쌍둥이 건물 있잖아. 거기까지 가는 거야. 거기서 다시 되돌아와야지. 강을 건너 돌아오려면 너무 멀어서 안 돼."

쌍둥이 건물까지는 내가 걸어온 길의 두 배는 더 걸어야 할 것 같다. 나는 굴다리 너머의 길에 대한 호기심을 거둬들였다. 아주머니에게는 쌍둥이 건물까지 걷는 일이 당연한 듯이 말한다. 쌍둥이 건물까지가 그녀들의 목표 지점이고 경계이다. 그러나 그녀들도 다른 동네까지 들어가지는 않는다. 그 경계에서 돌아온다.
굴다리는 나의 목표 지점이고 다리 근육의 한계이고 만족의 척도이다. 산책길이 익숙해지고 발걸음이 가벼워지는 날 나도 굴다리를 지나 쌍둥이 건물까지 걷게 되겠지.

젊음

목표 지점까지 돌아서 거의 출발 지점에 다다랐을 때 나의 두 다리는 너덜거렸다. 몇 년간 운동하지 않은 채 노화의 여정에 방치된 탓이다. 나는 부활하기를 기도하며 실천의 의지를 불태우는 중이다. 내가 걷는 거리는 7천 보 가량 된다. 그리 힘들어할 운동

량은 아니다. 그러나 너무 안 움직이던 몸이라 그것만으로도 스스로 대견하게 여기는 중이다.

터덜거리는 걸음을 걸으며 오늘의 산책에 만족해하고 있을 때 뒤에서 사뿐거리는 걸음이 다가와 지나치더니 50m 전방에 서서 제자리걸음을 띈다. 내가 돌아오던 길의 중간 지점에서 마주친 여자다. 그녀는 벌써 한 바퀴를 돌고 왔다. 키가 크고 날씬한 몸이다. 머리에 눌러 쓴 캡 모자 밑으로 30대 초중반 가량의 젊음이 내비친다.

그녀는 몇 번의 커다란 팔 동작과 다리로 가위 자 뜀뛰기를 하더니 쌩하고 다시 뛰어간다. 한 바퀴를 더 돌고 올 모양이다. 역시 가벼운 몸놀림이다. 위에는 모자가 달린 면티를 하나 걸치고, 아래는 검은색 스키니즈 운동복을 입었는데 그녀가 움직일 때마다 허벅지의 근육이 그대로 드러난다.

그녀의 옷차림을 보자 내가 추워졌다. 나는 아직 무릎까지 내려오는 겨울 파카를 입고 손가락을 소매 안쪽에 보이지 않게 숨긴 채 걷는 중이었다. 그러나 그녀에게 추위는 싱싱함을 유지하기 위한 적정 온도처럼 보인다. 가로등 불빛 아래로 하얀 입김이 뿜어져 나오는 그녀의 얼굴은 물기를 머금은 과일처럼 싱싱하고 촉촉해 보인다.

역시 젊음이 좋다. 싱그러운 향기가 난다. 같은 걸음을 걸어도 젊음은 다른 소리를 낸다. 용수철처럼 위아래로 튕기는 진동이 느껴진다. 엉덩이의 탄력도 탱탱하게 살아있다. 그녀의 튀는 옷차림을 보자 속말이 저절로 튀어나왔다. '아니, 몸매 자랑하러 나왔나? 운동하는데 꼭 저렇게 입을 필요가 있어? 너무 섹시하잖아!' 그러나 속말은 부러움의 다른 말일 뿐이다. 아마 나도 저렇게 탄력 있는 몸매였다면 몸이 드러나는 옷을 입고 있지 않았을까? 자신의 아름다움을 드러내는 일은 자연스러운 일이다. 또 젊음이 주는 특권 아니겠는가? 젊다는 이유만으로 충분히 아름답다.

 젊음이 주는 가치는 무엇일까? 젊음을 까마득한 과거로 가진 나보다 성공한 일은 적고 실패할 확률은 높은데, 웃어야 할 날도 많겠지만 울어야 할 날도 몇 배 더 많을 텐데. 그녀 앞에는 나의 두 배나 되는 불확실성의 날들이 커다란 아가리를 벌리고 기다리고 있다. 그런데도 우리는 젊음을 부러워한다.
 같은 여자가 봐도 시선을 빼앗길 만큼 매력적인데 남자들은 오죽할까? 남자들은 젊은 여자만 보면 사족을 못 쓴다. 어떤 아름다움보다 젊음이 주는 매력에 더 유혹당한다고 한다. 그것은 본능의 일이다. 젊음에는 가능성, 희망이 내재하여 있기 때문이다.
 젊음의 불확실성은 불안이나 두려움이 아니라 실현되지 않은 가능성이다. 남자들이 젊은 여자에게 시선을 빼앗기는 것은 그 실현되지 않은 가능성에 희망을 품는 것이다. 그러나 남자들은 그 사실을 자각하지 못한다. 그것은 무의식 속 본능의 일이다. 의식이 알아차릴 시간도 주지 않고 반사적으로 작동한다. 생명 창조의 본능이 꿈틀거리는 것이다.

혹시라도 남편이 젊은 여자에게 눈길을 돌린다면, 어쩌지 못하는 무의식 속의 욕망이라고 생각하라. 남편은 그것으로 인해 질타받을 책임을 인식하지 못한다. 그것은 남편도 알지 못하는 의식 너머 깊은 곳의 일이다.

계획

산책 시간을 바꾸기로 했다. 세로토닌 때문이다. 하루에 아침 햇살을 5분 이상 쬐어야 한단다. 건강 전반에 걸친 이유뿐만 아니라 특히 눈 건강에 좋다고 한다. 나는 40대에 이미 60대의 노안과 같은 수준이라는 진단을 받았었다. 컨디션이 안 좋은 날은 식탁 위의 반찬도 어리바리하게 보인다. 어차피 걷는 걸음 눈 건강에 도움이 된다는데 시간을 바꾸는 것은 당연한 일이다.

밝은 햇살을 받으며 걸으니 또 다른 느낌이다. 밤에 "꺼억" 거리던 새 소리가 장엄하게 머리 위를 날고 있다. 하얗게 흔들리던 어른 코딱지만 한 하얀 냉이꽃도 몸통을 드러냈다. 색다른 기분으로 햇살에 취해 있다 보니 봄이 들어오는 문이 보인다.

봄은 땅에서 오는구나. 작은 풀들이 먼저 깨어나고, 그 위에 키 작은 나무들이 파랗게 물먹은 흔적을 드러내며 봄맞이 준비를 한다. 팔뚝보다 굵고 내 키보다 위에 선 나무들은 아직 미동조차 없다.

파주는 북쪽이라 겨울이 쉽게 자리를 내주지 않는다. 강을 따라 늘어선 둑길 위에는 겨울의 여운과 봄의 전령들이 혼재해 있다. 한창 바통 터치를 하는 중이다.

엊그제 가로등 밑에 흔들리던 냉이꽃을 보고 혼자 중얼거렸다.

"아직 추운데 여린 것들이 왜 제일 먼저 튀어 나왔니? 철이 없는 게야? 저렇게 어른 나무들은 아직 겨울옷을 안 벗었잖아? 치사한 녀석들. 다 큰 것들이 먼저 나와서 봄을 맞아 주고, 봄의 한 가운데에서 어린 꽃들이 피어나면 얼마나 좋아?"

지난밤에 나는 그 계획을 알지 못했다. 햇살 아래 서자 자연의 완벽한 계획이 드러난다. 햇살을 나누는 중이다. 땅 위의 풀들이 자신의 중심을 세우고 꽃을 피울 때까지 중간키의 나무가 기다려 준다. 중간키의 나무가 꽃을 피울 때 즈음이면 작은 풀들은 이미 씨를 퍼뜨린다. 또 중간키의 나무가 꽃봉오리를 세우고 잎을 틔워야 키 큰 나무들이 제 할 일에 돌입한다. 아주 신기한 장면도 있다. 억새나 넝쿨 식물처럼 생명력이 강한 녀석들은 제일 나중에 수분을 머금는다. 그들의 드센 질주가 다른 생명의 햇살을 삼켜버리지 못하도록 계획된 일이다. 지금 들에는 말라비틀어진 넝쿨 아래서 찔레나무 가지가 파랗게 물오르는 중이다.

자연의 계획은 철두철미하다. 모든 생명은 오랜 세월을 거치며 함께 살아가는 방식을 터득했다. 아니, 함께 살아가는 방식을 선택한 생명만이 지금 봄을 맞고 있다.

확률 게임

오늘도 햇살을 받으며 걸었다. 몇 개월째 같은 길을 걷고 있지만 하루하루 다른 길이다. 매번 다른 사연을 만난다. 오늘은 비탈진 언덕 위에 사람들이 잔뜩 엎드려 있다. 어제까지만 하더라도 초록으로 가득했던 언덕이 울긋불긋하다. 한쪽에는 조경을 위해 시청에서 나온 근로자들인 듯했고, 한쪽에는 서너 명의 아주머니들이 나물을 캐는지 호미질에 빠져 있다. 얼핏 보기에 쑥을 뜯거나 씀바귀를 캐고 있는 듯했다. 언덕 위의 산책길에는 이미 배가 불룩해진 캐리어가 나란히 서 있다. 눈짐작으로 예상컨대, 10kg짜리 쌀 포대를 채울 만큼 수확한 모양이다.

땅 위의 푸른 계획이 틀어지고 있는 광경이다. 쑥과 씀바귀들은 제 생명을 다하지 못하고 아주머니들의 손아귀에 낚여 쌀 포대로 들어간다. 또 옆에서는 꽃모종이 심어질 자리를 내어주기 위해 많은 풀이 가치 없는 존재로 전락하며 내동댕이쳐지고 있다. 애초에 계획되었던 일이 아니다. 씀바귀와 뜯긴 풀들은 난감하다. 인간의 개입이 변수로 등장하였다. 우연이 필연이 되어 생을 마감해야 한다.

많은 현자가 말했다. 모든 생명은 존중되어야 한다고. 아이러니가 아닌가. 생명이 생명을 해하지 않고 존재할 방법이 없지 않은가. 상위 포식자들은 다른 생명을 제물로 섬아 자신의 존재를 연명한다.

종교에서는 모든 생명을 존귀하게 여긴다. 그런데 생명에도 귀천이 있나 보다. 어떤 생명은 보호받아야 하고 어떤 생명은 죽어가는 일이 자연스럽다. 불교에서 채식을 강조하는 것은 무슨 의미가 있는가? 그것 또한 생명을 해하는 일임이 분명하다. 약한 놈은 강한 놈의 먹잇감이 되는 것이 자연의 법칙 아닌가?

나는 잠깐 혼란에 빠졌다. 생태계가 먹이사슬로 이루어져 있음은, 죽고 죽이는 힘의 연결고리이다. 자연이 돌아가는 법칙이다. 강둑을 걷는 내내 질문이 발끝에 매달려 왔다. 우연으로 결정된 것처럼 보이는 어떤 개체들의 운명은 계획된 것이었을까? 그렇지는 않을 것이다. 포식자의 먹이가 되는 일을 사명으로 태어나는 생명은 없을 것이기 때문이다.

그것은 확률 게임이기도 하다. 개체 수 조절이 이루어져야만 생태계의 균형이 유지되기 때문이다. 1천 포기의 씀바귀 중 몇 %는 먹이가 되어 상위 포식자의 생명을 유지시켜 줘야 한다. 1백 마리의 토끼 중 몇 마리는 호랑이를 살리기 위해 생명을 헌납해야 한다. 그것이 왜 나여야 하는가?라고 질문할 수는 없다. 개체 수 중 내가 걸려들 확률의 가능성에 노출되어 있을 뿐이다.

생명의 세계는 수레바퀴처럼 연결된 고리이다. 그 연결의 균형이 모든 생명이 존중될 수 있는 최선의 방법이다. 다만 보이지 않는 미세한 변동 수가 진화 과정에 참여한다.

아주머니들의 불룩한 보따리가 힌트를 준다. 다른 생명과 다르게 인간만이 축적한다. 원래 자연은 자신의 생명을 유지할 만큼의 섭취만 하면 된다. 다람쥐가 도토리를 모은다지만 겨울을 날 만큼의 식량이면 충분하다. 봄이 오고 꽃이 피면 새로운 먹잇감이 다시 만들어지는 것이 자연이기 때문이다. 아무리 많은 도토리를 모은다고 해도 겨울이 지나면 필요 없어진다. 자연으로서의 생명은 순환에 의존한다. 그것에 대한 믿음은 본능이다.

인간만이 그러한 믿음이 없다. 축적의 힘을 알게 됨으로써 순환 고리에서 이탈했다. 물질의 축적은 순환을 불가능하게 하고, 확률 게임의 균형을 파괴한다. 축적에 성공한 자들은 절대 강자가 됨으로써 다른 인간에게 확률 게임의 경우의 수를 강요한다.

자연과 자연스러움

오전에 촉촉하게 비가 내렸다. 아직 6월이 무르익지도 않았는데, 한여름의 폭염처럼 더운 날씨가 이어지더니, 베란다 창문으로 들어오는 바람이 제법 시원했다. 바람을 느끼며 걷고 싶은 마음에 산책을 나섰다. 오후 두 시경, 여느 날보다 조금 이른 시간이었다. 그러나 비가 내린 후 흐림과 개임 사이에서 햇빛이 아직 제 모습을 드러내지 못하고 있었기에, 마음이 끌리는 대로 운동화를 챙겨 신었다.

일주일만의 산책이다. 많은 것들이 변해 있었다. 공원 한가득 깔끔하게 정렬되어 있던 노란 유채꽃들은 봄과 함께 기억 속으로 사라졌다. 이제는 초록 도화지에 물감을 흩뿌린 듯 노란 점들이 흔들리고 있을 뿐이다. 꽃밭에는 키 작은 코스모스와 라벤더로 보이는 보랏빛 꽃들이 군데군데 피어있다. 공원이 훨씬 자연스러워졌다. 노랑 군대는 여름의 진격 앞에서 후퇴를 결정한 듯하다. 봄과 여름 사이의 꽃밭에는 온갖 풀들이 숨을 쉬러 나왔다. 짧은 시간이나마 그 틈을 비집고 자신의 모습을 한껏 드러내고 있다. 6월이 가기 전에 공원의 꽃밭은 또 한 차례 땅을 뒤집을 것이다. 유채꽃의 흔적을 말끔히 지워내고, 여름의 꽃이 넘치는 향연을 펼치게 될 것이다.

 2주 전에도 나는 이 공원을 걷고 있었다. 유채꽃이 절정을 이루던 때이다. 그때는 넘치는 노랑이 마음에 들지 않았었다. 제주의 꽃이 북쪽 끝 마을 문산까지 올라와 피어있는 것도 마음에 들지 않았고, 이발하고 오신 아버지의 단정한 머리칼처럼 산책길을 따라 늘어서 있는 모습도, 숨 쉴 틈 없이 빼곡하게 심어진 답답함도 싫었다. 온통 노랑이 나의 마음을 불편하게 했었다. 그래서 2km 이상 펼쳐진 공원의 끝자락에 와서야 큰 숨을 들이마시며 꽃을 바라보곤 했다. 잡초들이 무성한 가운데 이름 모를 꽃들이 여기저기 피어있는 언덕이 나오기 때문이다. 그중에 코스모스를 닮은 큰금계국이 듬성듬성 피어나 하늘거리며 도드라져 있었다. 그때 마음속으로 이렇게 외쳤다.

'그래, 이게 자연이지. 제멋대로 피어나는 것, 제멋대로 어우러지는 것.'

그러나 산책 중에 만끽하던 자연스러움에 대한 예찬은 그리 오래가지 못했다. 큰금계국에 마음을 빼앗기던 나는 그 꽃이 궁금해지기 시작했다. 처음 마음을 빼앗겼을 때는 이름조차 몰랐었다. 그 꽃의 이름이 큰금계국이라는 사실을 알게 된 순간 불편한 진실이 함께 따라왔다.

큰금계국은 1980년대 말 꽃길 조성사업의 명분으로 전국도로변과 공원에 심어지기 시작한 북미에서 들여온 외래종이다. 그런데 이 꽃이 간척지나 공사판의 척박한 땅에서도 잘 자라는 질긴 생명력을 지니고 있어 토종식물을 위협하는 유해식물로 낙인이 찍혔다고 한다. 그 왕성한 번식력이 무성한 잡초들 사이에서도 도드라진 자태를 뽐낼 수 있었다. 내가 예찬한 자연스러움은 생태계를 교란하는 억척스러움이었다.

시청 직원들이 줄을 튕겨대며 심어 놓은 공원의 유채꽃이 자연스럽지 않다고 불편해했었다. 그러나 그 노력이 없었을 때 이 공원은 내가 걸을 수 없는, 쓰레기가 널브러진 냄새 나는 갯벌이었다. 꽃향기를 맡으며 산책을 할 수 있는 것은 그들의 계획과 수고로움의 혜택이 아니던가? 자연의 향기라고 큰 숨을 들이쉬던 언덕 위의 큰금계국은 제거 대상이 된 유해식물이다.

서울을 갈 때마다 서울-문산 간 고속도로를 달린다. 문산에서 톨게이트를 빠져나가자마자 보이는 절경이 있다. 도로를 내기 위해 절개한 산허리의 단면에 꽃들이 흐드러져 있다. 멀리서 보기에 구절초인 듯하다. 희고 노란 꽃이 흩뿌려진 채 풀들 사이에서 흔들리고 있다. 산허리를 동강 낸 흉물스러운 의도를 충분히 감추고도 남는다. 나는 그곳을 지날 때마다 눈길을 빼앗긴다. 아름답다. 그러나 그 또한 의도 아니던가? 흉물스러운 속내를 감추려는, 내추럴을 가장한 섬세한 의도. 나는 거기에서 아름다움을 느낀다.

무엇이 자연이고, 무엇이 자연스러움일까? 얄팍한 시선이 무슨 자격으로 자연을 논하고 인공의 의도를 거부할 것인가? 그 또한 자연스러운 일이 아닌가? 아름다움을 느끼고자 억척을 부리는 인간의 욕망도, 냄새나던 갯벌도, 계절마다 다른 꽃을 피워야 하는 공무원의 땀방울도, 억세게 제 종자를 퍼뜨리며 살아남는 외래종 큰금계국도, 신의 시선 아래 오밀조밀 제 생명의 욕망을 따라 살아가는 모양새다.

자연이란 존재하는 모든 것들이고, 자연스러움이란 그 모든 것들의 공존이다. 다양한 생명의 생존 방식이 어우러지며 흘러가는 것, 그것이 자연스러움 아닐까?

직립보행을 배우다

찬바람이 상쾌하다. 둑 아래에는 건조하게 마른 갈색 풀들 사이로 잠깐의 휴식을 마친 강물이 반짝이며 흐르고 있다. 갈대밭에는 실처럼 가지를 늘어뜨린 버드나무의 검푸른 색이 한창이다. 지금은 '푸름'보다 '검음'이 지배하고 있지만, 며칠 사이로 푸름이 솟아오를 것이 자명하다. 검음 사이로 느껴지는 푸름의 기세가 완연하게 느껴진다.

작년 이맘때 즈음 이 길을 걷고 있었다. 5~6개월 산책하다 여름이 올 때쯤 중단했었다. 퇴직 후 몇 개월을 넘기지 못하고 다시 일을 제의받았기 때문이다. 그동안 밥 벌어먹던 일을 하지 않겠다고 다짐하며 퇴사를 했지만, 통장에 생길 여유로움의 유혹을 거절하지 못하고 후회할 결정을 했었다. 그래서 여름의 문턱에서 이 공원으로 산책 나오는 일을 그만두었다.

작년에 이 길을 걷기 시작한 것은 퇴사 후의 자유로움을 만끽하기 위해서였다. 하기 싫은 일을 그만두고 막연한 꿈으로만 품고 있었던 글 쓰는 일에 도전하고 싶었다. 아들이 대학을 졸업하고 책임져야 할 의무로부터 해방된 자유로움이었다. 그리고 그 자유로움을 충분히 느꼈다. 그때 나는 봄이 오는 시간 속에 있었다. 쌀쌀하지만 부드러운 바람을 느끼고, 하얗게 흔들리던 냉이꽃을 보며 봄을 맞이했었다. 대자연의 품은 아니었지만 내가 풀과 꽃들과 바람과 붉게 타는 노을을 만끽하기에는 부족함이 없었다.

　지금은 다른 이유로 걷고 있다. 건강을 위해서다. 한 달 넘게 어깨 통증으로 치료를 받는 중이다. 30년간 모니터 앞에 코 박고 앉아서 선을 그으며 벌어 먹고산 덕분에 얻은 직업병이다.

　하루 30분 이상 걷기를 권유하는 치료사의 의견을 받아들이기로 했다. 이유가 달라지니 보이는 것도 다르다. 아직 겨울 자락에 남아 있는 추위가 산책을 즐기는 사람들의 유형을 분명하게 보여 준다. 봄이 한창일 때는 남녀노소, 가족, 연인, 친구 구분이 없더니 지금은 노인들이 대부분이다. 젊어 봐야 50대 후반의 아주머니들이고 대부분 60대 이상으로 보이는 노인들이다. 그들은 이 길을 즐기는 것이 아니라 어떤 목적을 위해 열중하고 있다. 전투태세를 하고 말이다. 걸음은 크고 빠르며 팔은 앞뒤로 크게 흔들고 있다. 얼마 되지 않는 사람들은 걷다가 벤치에 앉아 쉬는 것이 아니라 산책로 중간에 놓여 있는 운동기구에 매달려 걷는 일을 마무리

하려고 한다.

왜 나이가 들어서 걷기에 열중하는 것일까? 그 질문은 방금 했던 생각 때문에 더 선명하게 드러났다. 나는 방금 차를 몰고 와서 공원주차장부터 걸을 생각을 했었다. 집에서 공원까지 1킬로 남짓한 거리인데도 말이다. 신호등과 건널목을 건너는 일이 성가시게 느껴졌고, 일상의 걸음이 운동과는 거리가 먼 것처럼 생각되었기 때문이다. 그리고 빨리 걷는 일에 열중하고 싶어서였다. 아들의 조언이 없었다면 그 우스꽝스러운 짓을 했을지도 모른다.

"어머니! 걸으려고 나가시면서 차를 끌고 가시는 건 좀 아닌
것 같은데요?"

우리의 일상은 운동과 거리가 먼 삶을 살면서 헬스장을 찾아간다. 소파에 앉아서 다이어트 식품을 섭취하며 로봇에게 청소를 맡기고 식기 세척기에 설거지를 시킨다. 말로 소통하지 않고 글자로 대화한다. 우리는 매 순간 자연으로부터 멀어지기 위해 애쓰면서 자연으로 돌아가기를 꿈꾼다. 퇴직 후에는 전원생활을 해야지. 연휴만 되면 산으로 가야지 바다로 가야지. 가기 싫다는 가족 중의 누군가를 강요하며 캠핑을 떠나야지. 내가 차를 타고 걷기 운동을 나가려는 모양새와 다르지 않다.

자연이란 무엇인가? 국어사전에 따르면 "사람의 힘이 더해지지 아니하고 세상에 스스로 존재하거나 우주에 저절로 이루어지는 모든 존재나 상태"이다. 한자 사전에는 "조화의 힘으로 이루어진 일체의 것"이라고 풀이되어 있다. 풀이의 단어는 다르지만 나는 같은 의미로 해석한다. 왜냐하면, 저절로 이루어지는 것은 조화롭기 때문이다. 인위에 의한 조작이 아니라면 세상은 조화를 향해 운동한다. 모든 존재는 자신의 힘으로 작동하고 어우러지며 자신들이 존재할 수 있는 최적의 상태를 만들기 때문이다. 그리고 이러한 작용은 쉼 없는 운동이다.

　나는 평소에 앞으로 쏟아질 듯 걸었었다. 발보다 어깨와 머리가 반보 정도 앞서나가는 걸음이었다. 무엇이 그리 급했을까? 인간은 직립보행의 동물인데 나는 늘 사선 보행을 하고 있지 않았는가? 마음은 늘 몸보다 앞서 있었고, 욕망은 현실보다 한참 위에서 날고 있었다.

　자연으로 돌아간다는 것은 나의 걷기에 한정해서 말한다면 직립보행을 하는 것이다. 땅 위에 발이 있고, 가슴이 있고 머리가 있는 걷기. 땅과 나와 하늘이 직립으로 만나는 운동. 그것이 조화로운 걸음이 아닐까? 직립보행 말이다. 발이 한 걸음 앞서면 가슴과 머리가 따라가 직립에 위치하고 머리가 한 보 앞서면 발이 따라가 직립을 만드는 걸음. 우리의 걷기란 늘 조화의 위치를 향해 걷는 것이다. 그리고 그것이 운동이고 앞으로 나아감이다.

  몸이 무언가를 할 수 없게 되어서야 우리가 몸으로부터 얼마나 멀리 왔는지를 깨닫게 된다. 그래서 그 거리를 좁히려는 조급한 마음이 부자연스러운 걸음을 재촉한다. 경직된 걸음으로 팔을 앞뒤로 높이 흔들며 애를 쓴다.

  이제야 직립보행을 배운다. 걸음을 걸으며 발바닥의 땅을 느끼고, 그 위에 가슴을 얹는다. 그리고 하늘을 보며 바람을 느낀다. 아직 찬바람이 상쾌하다.

사람이 세상을 만들어가는 것이 아니라 세상에 휘둘리고 있다.
세상의 관념은 인간의 발을 땅 위에서 떼어 놓았다.

7장 '본성'

: 악의 시대, 사랑을 말하다

보편적 생활 수준

오랜만에 독서 모임 선배 언니와 통화를 했다. 내가 직장 문제로 모임에 불참한 지 1년 만이다. 나의 귀환을 환영하여 간단히 식사라도 할 요량이었지만 코로나 상황이 심각하기도 하였고, 날씨도 갑자기 추워지는 바람에 약속을 미루기 위해서였다. 그녀는 나의 퇴직을 환영하면서 한편으로 걱정의 말도 함께 전했다.

"상란 씨, 잘했다. 때려치우고 글 써라. 그런데 앞으로 뭐 해 묵고 살라꼬?"

경상도 사투리가 섞인 푸근한 말씨는 언제나 정감이 넘친다.

"으응. 신포도 안 묵을라꼬. 딸기밭으로 갈까? 들쥐 사냥을 나갈까? 버텨보다가 안 되면 아르바이트라도 해야지 뭐. 까짓거 없으면 없는 대로 살면 되지."

엊그제 썼던 글이 떠올라 '여우의 신포도' 이야기를 던지며 농담을 했다.

"상란 씨. 그래도 용소막 언니네 부업은 하지 마라. 정희 언니가 그거하고 두 손 두 발 다 들었단다. 일주일에 한 상자 작업하고 손가락이 다 까졌다잖아. 그리고 1만2천 원 벌었대."

우리는 수화기 너머로 배꼽 빠지는 소리를 교환하며 뒤로 넘어갔다. 용소막 언니는 플라스틱 용기를 생산하는 업체의 대표다. 용기에 라벨 붙이는 부업거리를 주변 지인들에게 나눠 준 모양이다. 그러나 숙달되지 않은 솜씨로 하다 보니 불량이 반이고, 또 지인의 일이라 신경을 쓰다 보니 시간과 손가락 끝의 지문을 헌납한 모양이다. 그 결과가 겨우 1만2천 원이라는 보상으로 돌아왔다고 했다.

"상란 씨. 요즘 딸기가 제철이다. 돈 떨어지기 전에 딸기 마이 묵으라."

"엥? 지금 딸기가 제철이야? 이 겨울에?"

며칠 전 마트에서 작은 것 한 팩에 15,000원이라고 가격표가 붙은 것을 본 기억이 났다. 겨울이라 비싸려니 생각하고 구매할 엄두를 내지 못했었다. 그런데 요즘은 겨울이 딸기 철이라고 한다. 겨울의 대표 과일 귤을 제치고 딸기가 인기과일 1위로 등극했단다.

인터넷 뉴스를 검색해 보니 사실이었다. 딸기 평균 가격이 1kg
에 2만 원 전후에 판매되고 있었다. 딸기의 특성상 산지나 크기에
따라 가격은 천차만별이었으나 보통 딸기 한 알에 1천 원꼴은 넘
는 셈이었다. 그런데도 판매 1위 과일로 등극했다.

기억을 더듬어 보면 5월 전후로 한 바구니에 5천씩 했던 딸기였
고, 농장에 1만 원에서 1만5천 원 정도 주고 들어가면 실컷 먹고
잼도 만들어 오던 시절이 있었다. 그리 오래된 이야기는 아니다.
그런데 딸기 가격이 몇 배로 뛴 것인가. 요즘 노지 딸기는 단맛이
약해서 아예 생산 자체를 안 한다고 한다. 겨울철 비닐하우스 재
배가 제일 효율적인 재배 방식이라고 한다.

세상이 바뀌는 속도는 기억 속의 사실을 교체하는 속도보다 빠
르게 진행된다. 세상에 적응하기가 점점 어려워지는 시대이다.
이러한 속도에 월급봉투의 두께도 적응하기 어렵기는 마찬가지이
다. 세상은 디지털 시대의 최첨단을 걷고 있는데 우리의 삶은 아
날로그 시대의 수준을 벗어나지 못하고 있다. 그런데도 딸기는
판매왕이 되었다. 나만 제자리걸음인 건가? 다른 사람들은 한겨
울의 제철 과일을 잘도 사 먹는데, 나만 생활수준을 못 따라가고
있는 것일까?

인간은 착각에 빠져 산다. 변화되는 세상의 풍요가 자신의 것인 양 맘껏 누리며 살고 있다. 그러나 냉철히 생각해 보면 세상은 '나'를 제자리에 남겨둔 채 저 홀로 질주하고 있다. 우리의 의식은 늘 중산층 이상에 머무르고 있지만, 몸뚱이는 그곳에서 점점 멀어진다. 그 사실을 자각하지 않기를 바란다. 자각의 순간에 그 틈을 비집고 올라오는 결핍과 갈등과 가계 부채들이 눈앞에서 나를 조롱할 것이다.

요즘은 명품의 핸드백 한두 개 가지고 있지 않으면 큰일 나는 줄 안다. 모임에 나갈 때 갖추어야 할 필수 요소이다. 그런데 나는 명품조차 알지 못하는 수준이라 그들의 권위를 알아보지 못한다. 그것들의 가치가 몇 만 원짜리 시장표로 전락하는 순간이다.

가치 있는 것의 기준은 사람마다 다르다. 그리고 그 가치를 빛나게 해 주고 보존하는 것은 순전히 자신에게 달려있다. 나의 가치는 명품 핸드백에 있지 않다. 나는 사유와 탐구의 생활에서 즐거움을 느낀다. 그래서 나에게 새로운 깨달음을 주거나 지혜를 나누어 주는 깊고 예리한 통찰력을 가진 사람들이 부럽다.

내가 닮아 가고 싶고 따라 하고 싶어 하는 것에 내가 지향하는 가치가 있다. 명품 가방이 부러워진다면 한 번 자문해 보길 권하고 싶다. 당신이 추구하는 가치가 거기에 있는지. 그렇다고 대답하는 사람은 그리 많지 않을 것이다. 그러면서도 사람들은 그것을 따라 하려고 애쓴다.

　물론 누구나 한 알에 천 원짜리 딸기를 먹을 수 있고, 천만 원짜리 명품 가방을 들 수 있다. 까짓것 맘만 먹는다면 안 될 게 뭐가 있는가? 조금만 절약하거나 지출 비용의 우선순위를 바꾸면 누구든 할 수 있는 일이고, 또 하고 싶으면 해야 하는 일이다.
　그것을 누릴 수 있는 권리에 관하여 이야기하는 것이 아니다. 내가 염려하는 것은 우리의 관념이다. 중산층 이상의 생활수준이 보편적인 생활수준이라고 생각하는 것. 그것을 따라 하지 않으면 뒤떨어지는 것 같은 결핍감에 사로잡히는 것에 대한 우려이다. 그것이 지금의 나를 모자라고 뒤처진 사람이라고 생각하게 할 이유가 되어서는 안 된다. 또 나의 현실과 동떨어진 생활수준이 나의 것인 양 착각해서도 안 된다. 왜냐하면, 그것은 나의 삶을 불균형으로 이끌어 결국 더 큰 상실감에 빠지게 하기 때문이다.

　세상은 우리의 눈과 귀를 흐리게 하는 광고와 현란한 문구들로 가득하다. 그것이 정말 모두가 따라가야 할 가치 있는 일인지는 한 번 생각해 볼 필요가 있다. 그것을 따라 해야만 사회의 구성원으로서 동등한 자격이 부여되는 것인가?
　내가 어릴 때는 바나나를 먹는 집 아이들이 동경의 대상이었다. 그것이 부잣집 과일이었고 상류사회의 먹거리였다. 그러나 지금은 과일 코너에서 바나나가 제일 푸대접을 받는다. 맛이 달라진 것도 아닌데 말이다.

사람이 세상을 만들어가는 것이 아니라 세상에 휘둘리고 있다. 세상의 관념은 인간의 발을 땅 위에서 떼어 놓았다. 우리는 꿈처럼 구름 위를 걸으며 환상 속에 살고 있다. 인간의 행복이 어디에서 오는 것인지 혼란스럽다.

가난한 사람이 부자로 사는 법

가끔 평범한 사람들은 생각한다. '몇 대가 한평생 먹고살아도 남을 텐데 왜 저렇게 더 벌지 못해서 난리일까? 불법적인 행위까지 하면서 말이야.' 거기에는 보통 사람들이 알 수 없는 그들만의 수레바퀴가 있다. 그들도 그 굴레를 벗어나지 못한다. 그 힘에 떠밀려 살고 있을 뿐이다.

부자들의 영혼은 결핍으로 인해 가난해지는 것이 아니다. 자신들만의 굴레에 갇혀 가진 것을 사용할 줄 모르기 때문이다. 물질로부터 결핍된 사람들과 마찬가지로 가난한 영혼이 된다.

진정한 부자는 자신의 부가 자신만의 것이 아니라는 것을 안다.

최근 세계 억만장자 기부클럽 '더기빙플레지'에 219번째 기부자가 된 '우아한 형제들'의 김봉진 의장이 화제가 되었다. 더기빙플레지는 2010년 워런 버핏과 빌 게이츠 부부가 설립한 자선단체로 1조 원 이상의 자산가만 가입할 수 있으며 재산의 절반 이상을 기부해야만 자격이 주어진다. 이들은 자신의 부가 '신의 축복'과 행운으로 얻어진 것이라고 말한다. 물질 위에서 물질을 다룰 줄 안다.

우리 집안은 2남 5녀의 대가족이다. 명절 때 부부와 딸린 아이들까지 모이면 20명은 기본이었다. 지금은 아이들이 장성하다 보니 열 명 남짓 모이고 있다. 대식구들이 저녁 식사를 마치면 거실에 둘러앉아 논쟁을 벌인다.

작년 설에는 문재인 정부의 부동산 정책에 대한 논쟁이 붙었다. 큰언니가 태극기 집회에 나간다는 것이다. 기함하고 뒤로 넘어갈 뻔했다. 동생인 나는 촛불 집회의 주역이 아닌가?

"아니! 내가 열심히 벌어서 내 돈으로 집 산다는데 왜 자기들이 난리야? 자기 능력껏 돈 버는 것도 죄야? 자기들이 뭐 보태준 거 있어?"

언니는 원래 사회적 이슈나 집회 같은 것에는 관심이 없었다. 그러나 문재인 정부의 부동산 정책에 대하여 강한 반발을 하고 나섰다. 부동산 보유세 인상이 자신에게 민감한 문제로 다가왔기 때문이다.

"오케이! 오~오케이! 인정한다. 인정해. 언니가 태극기 집회에 나가는 것은 자신의 계급적 기반으로 비추어 볼 때 당연한 일이야. 자신들의 것을 지키기 위한 집단 표현이니 당사자들이 참여하는 것을 비난할 수는 없지."

나는 흥분하여 목소리가 또 높아지는 것을 겨우 누르며 언니의 행동을 이해했다. 그러나 사회적 시선이 편협한 그녀에 대해 화가 났다.

"그런데 말이야! 부동산으로 돈을 번 사람들이 착각하는 것이 있어. 자신들의 능력으로 돈을 벌었다고 생각하는 거야. 가치는 노동을 통해서만 만들어지지. 그 가치에 비례해서 화폐가 발행되는 것이고. 돈 있는 사람들이 그 가치를 자본의 유통을 통해서 독점하는 것이라고. 그건 투자도 아니고 투기야 투기! 일해서 가치를 만들어 내는 사람들은 자신이 만들어 낸 가치에서 소외되고, 부는 엉뚱하게 돈 있고 머리 쓰는 놈들이 집어삼키는데 세금 좀 더 내면 어때? 당연히 그렇게 해야지. 부가 부를 독점함으로써 일하는 사람들은 집 사고

땅 살 기회에서 소외되는 게 자본주의 사회야.

언니! 다른 평범한 사람들을 존재할 수 없게 만들면 언니 같은 사람들이 독점할 부를 만들어 낼 사람들이 없어져. 정책적으로 그 필요를 느끼기 때문에 부동산 정책이 수도 없이 나오는 거야. 그걸 못하면 언니 같은 부자들이 설 기반이 없어진다고. 분배의 정책이 성공하지 못하면 사회는 존립의 근거를 잃게 된단 말이야."

나와 막내 남동생이 한편을 먹고 큰언니와 오빠가 한 편이 되어 밤새 설전을 벌였다.

식구 중에 큰언니가 제일 부자다. 그녀는 강남 부자 동네의 몇십 억대 주택에 살고 있으며, 인천에 자신의 작업실로 사용하는 고급주택이 또 한 채 있다. 그리고 그 밖의 부동산에 공장을 지어 임대하여 노후를 보내고 있다.

그러나 언니는 자신의 부만큼 형제들에게 존경받지 못한다. 특히 나에게 그러하다. 동생들에게 상처를 많이 주었기 때문이다. 언니의 마음은 동생들을 돕고 싶어 했다. 선의를 베풀려는 의도였다. 그러나 그 과정에서 부의 위치와 자신의 인격을 동일시했다. 언니는 요청하지도 않은 도움을 주고 동생들이 자기 뜻대로 움직여 주지 않는다고 스스로 상처받았고, 동생들은 그녀의 비인격적 행동에 마음의 문을 닫아 버렸다.

우리 집 형제들에게 부자와 가난한 자는 대우받는 기준이 되지 못한다. 오히려 형제 중 제일 가난한 나와 둘째 언니의 목소리가 제일 크다. 언젠가 돈 모으는 것에 재주가 없는 나에게 동생이 말을 건넸다.

"언니는 남들이 아파트 사고팔며 돈 버는 것 보면 속상하지 않아?"

"아니. 왜 속상해. 그 사람들도 정보 수집하고 발품 팔며 얼마나 신경을 많이 쓰는데. 나는 그런 것에 신경도 안 쓰면서 속상해하면 도둑놈 심보지. 그 사람들이 머리 싸매고 신경 쓰고 다닐 때 나는 내가 좋아하는 일 했잖아. 그러면 됐지. 공평하잖아."

말은 그렇게 했지만 나는 내가 일한 만큼 버는 것 외에는 재주가 없다. 관심도 없다. 별로 구미가 당기는 일은 아니다. 그것이 나에게 부러움의 대상이 되지는 못한다. 그리고 그들의 부가 나에게 결핍감을 주지는 않는다. 잘 살 수 있으면 좋겠지만 필요 이상 애쓰면서 부를 축적하고 싶을 만큼 애착이 강하지는 않다. 남에게 신세 안 지고 불편하지 않을 정도면 만족한다.

온 세상이 물질적 부가 목표가 되고 모든 가치 판단의 기준이 되는 것에서 결핍이 생겨난다.

가진 것 없는 사람들이 노력해서 부자가 되는 세상은 지났다. 그만큼 사회적 분리의 정도가 단순한 노력으로 따라잡을 수 있는 거리를 벗어났다. 오히려 보통의 사람들이 사회적 가치의 기준을 바꾸어야 한다고 생각한다. 지금까지 부를 향한 사회적 시선이 물질의 편향된 집중을 부추겨 왔다. 이제는 시선의 중심을 바꿀 때가 되었다.

한국 사회는 이미 절대적 빈곤에서 벗어난 지 오래다. 사람들이 자기 삶의 성공 기준을 물질적인 것에서 정신적이든 문화적이든 무형의 가치로 옮겨 온다면 모든 사람이 부를 쫓아가며 자신의 영혼을 내어주게 될까?

어떤 사람들은 높은 곳의 포도를 바라보며 신맛이라 먹을 수 없다고 자기 합리화하는 변명이라고 말한다. 그러나 닿지 못하는 포도를 계속 바라보며 침을 흘리라고 부추기는 논리는 누구를 위한 것인가? 한두 명을 위한 성공의 기회를 모든 사람에게 도전하라고 요구하는 것의 진실은 무엇일까? 달콤한 열매는 포도 말고도 얼마든지 있다. 딸기로 배를 채워도 되고 들쥐 사냥을 나가도 된다. 자신의 삶에서 자신만의 가치를 발견하고 누릴 수 있는 부자가 되는 것이다.

나는 무엇을 통해 부를 향유할 것인가? '나'만이 만들어 낼 수 있는 가치가 무엇인지 생각해야 할 시대가 되었다.

분명해 보이지만, 분명하지 않은

대학 시절 독문학 시간에 원서로 된 책을 번역하다가 읽게 된 인상 깊은 이야기가 있다. 그 당시에는 꽤 그럴싸하게 느껴졌었다.

몹시 가난한 남자가 있었다. 그는 가진 것이 아무것도 없었지만, 시간 하나만큼은 넘치게 많았다. 그는 돈이 없었으므로 남는 시간 동안 아무것도 할 수 없었다. 남자는 늘 소원했다. 부자가 되었으면 하고. 돈이 있으면 하고 싶은 게 너무나 많았다. 아름다운 여자와 데이트도 하고 싶었고, 요트를 타고 바다를 즐기며 여행도 하고 싶었다.

그 남자는 세월이 흘러 부자가 되었다. 모든 것들을 할 수 있을 만큼 돈이 많아졌다. 그러나 남자는 옛날에 자신이 하고 싶었던 것들을 여전히 할 수 없었다. 돈이 많아진 대신 시간이 없어진 것이다. 남자는 돈을 버느라 시간을 다 소비해야만 했다.

삶이란 늘 이중적이다. 행복과 불행. 사랑과 증오. 부와 가난. 모든 것들은 양면성을 지니고 있다. 그러나 인간의 삶이 추구하는 것이 일면성을 향하는 경우가 많다. 적당히 그리고 균형 잡힌 삶이란 것의 기준이 따로 있는 것도 아니고, 만족의 수치가 정해져 있는 것이 아니기 때문이다. 굴러가는 힘의 동력에 실려 살다 보면 어디로 가는지 모르고 사는 경우가 많다. 알 수 없는 힘에 이끌려 자신을 볼 수 없게 된다.

아들이 입대를 앞두고 광주에서의 자취생활을 정리하게 되었다. 나는 크리스마스 연휴를 이용해 남편과 함께 광주로 내려가는 중이었다.

한편으로는 아들이 집으로 돌아온다는 사실이 기뻤지만, 한편으로는 걱정이 되었다. 집돌이가 하나 생기게 된 셈이다. 평일 동안은 내 한 몸 챙기고 출근을 하면 그만이었지만 아들이 집으로 돌아온다는 사실은 내가 신경 써야 할 일상이 늘어난 셈이다. 식사 준비며 빨래며 청소 등 식구 하나 늘어나는 것이 얼마나 많은 손길이 있어야 하는지 주부들이라면 충분히 공감할 수 있을 것이다. 더구나 아들은 자기관리에 철저한 녀석이 아니다. 게으름의 끝판왕이다.

아들이 객지에서 혼자 생활하는 것에 대한 안쓰러움은 덜게 되었지만, 그 대가로 나의 수고로움을 지불해야만 한다.

남편과 아들 이야기로 수다를 떨며 고속도로를 달리고 있었다. 연휴 기간이었음에도 코로나19의 영향 때문인지 고속도로는 비교적 원활하게 소통되고 있었다. 서해대교를 지나 20분 즈음 달리자 갓길에 비상 차량이 한 대 서있었다. 엄마와 아들로 보이는 청년이 외투를 벗어들고 도로를 향해 열심히 흔들며 비상 상황에 대한 신호를 보내고 있었고, 아빠로 보이는 남자는 SUV 차량의 뒷문을 열고 짐을 내리고 있었다.

"아이고! 저 집은 오늘 하루 꽝 됐구먼. 크리스마스라고 가족끼리 여행 가려고 했나 본데."

남편은 고장 난 차량으로 계획이 틀어져 버린 가족을 보며 그들의 안타까운 마음을 대신 전했다. 나는 순간 웃음이 터져 나왔다. 절박해 보이는 여자의 표정과 몸짓이 갑자기 떠올랐기 때문이다. 다행히 갓길의 폭이 넓었고 지나가는 차량의 속도도 적정 수준을 유지하고 있었기 때문에 그리 위험해 보이지는 않았다.

"살다 보면 저런 일은 언제라도 있을 수 있고, 누구라도 경험할 수 있는 일이잖아."

"그럼, 누구에게나 일어날 수 있는 일이지."

나는 차 안에서 그 가족을 바라보는, 사고와는 아무런 관계가 없는 사람이다. 그래서 그 여인의 속상한 표정이 웃기기만 했다. 그 가족들은 잠시 후에 다시 여행길에 오를 수도 있고, 아니면 집으로 돌아가 망쳐버린 계획에 하루를 푸념하고 있을 수도 있다. 그러나 분명한 것은 시간이 흐른 뒤에 오늘의 해프닝에 대해 웃으며 추억할 것이다.

나는 그녀가 지금, 이 순간이 얼마나 속상할지 짐작이 간다. 그래서 웃음이 더 크게 터져 나왔다.

"아이고, 웃겨 죽겠네. 저렇게 속상해하며 다급한 상황을 온몸으로 표현하고 있는데, 지나가는 우리가 보면 별일 아니잖아. 우리가 그렇게 산다. 별일 아닌 일에 죽을 것처럼 말이야."

삶은 양면만 있는 것은 아니다. 옆도 있고 비스듬한 면도 있고 거리도 있다. 삶은 다양한 차원이다. 독일 책 속의 이야기가 그럴싸하게 느껴진 것은 흑백 논리에 길든 의식의 단면이다. 행복과 불행, 사랑과 증오, 기쁨과 슬픔 사이에는 예측할 수 없는 다양한 감정의 공간이 존재한다. 행복하지 않으면 불행하다는 논리는 훈련된 의식이다.

앞으로도 보고 뒤로도 보고 옆으로도 보고, 가까이에서 그리고 멀리서도 보고, 만져도 보고 느껴도 보고, 감상도 할 수 있는 삶은 무지개다. 감정의 경계는 무지개와 같다. 분명해 보이지만 사실은 분명함이 전혀 없다. 느끼는 우리가 한쪽으로 치우쳐 생각하고 판단할 뿐이다. 보고 싶은 것을 보며 살고 있을 뿐이다.

나의 계절은 단풍이 물든 거리에 있다

천안 톨게이트를 지나 청수동으로 향하는 방향으로 핸들을 돌렸다. 2~3분가량 번잡한 상가를 지나자 한창 무르익은 단풍이 거리에 가득하다. 도로 우측으로 보이는 극동아파트의 거실에서 바라보면 그대로가 한 폭의 그림이 될 듯싶다. 지금은 주변 어디에서도 쉽게 볼 수 있는 풍경인데 이제야 시야에 들어오며 내가 가을한복판에 있음을 알려준다. 좀 더 정확히 말한다면 단풍은 가을의 막바지에 볼 수 있는 풍경이다. 가을이 가고 겨울이 오는 교차로의 신호등이다. 12가지 색으로 표현할 수 없는 색. 화려해 보이지만 투명하게 빛남으로써 가슴을 시리게 한다.

엊그제 나이를 실감하는 한 가지 에피소드가 있었다. '비움'이라는 것을 몸으로 생각하게 하는 일. 젊음과 나이듦이 부딪히는 현장에 있었다. 그러나 그것에 대해서는 말하지는 않을 것이다. 내 나이 때의 사람이라면 누구나 느낄 수 있는 감정이 일상에 널브러져 있기 때문이다. 다만 그것이 주는 감정을 말하고 싶을 뿐이다. 쇼윈도 안의 화려한 디스플레이를 바라보는 듯, 바로 눈앞에 있지만 보이지 않는 유리막이 아주 먼 거리를 체감하게 한다.

이미 젊은이들만의 질서와 원리가 제 원심력으로 회오리치는데 그들의 흔적 뒤에 남겨진 파편처럼 천천히 내려앉으며 고요한 평안을 애써 예감한다.

10시가 넘어서 집에 도착해 방치되어 있던 휴대전화기를 열어 보니 친구들과의 대화방에 가을 풍경이 가득하다. 속초에서 찍어 올린 사진, 불암산에서 숲 멍(숲에서 넋 놓기를 그렇게 말한다) 중인 사진, 각자의 생활 터전에서 가을을 만끽하는 중이다.

흔히들 가을 단풍을 일컬어 비움으로써 얻어지는 아름다움이라고 말한다. 그러면서 늙어 가는 일의 서러움을 그럴싸하게 포장해 준다. 그런다고 가슴 시린 시간을 피해갈 수는 없다. 낡았지만 버릴 수 없는 젊은 날의 옷을 고운 보자기에 싸서 장롱 안쪽에 밀어 넣는 일처럼, 어찌할 수 없음에 가슴 바닥에 묻어둘밖에.

가을 단풍도 여름을 비우는 일이 가슴 시리고 아플까? 아니 아프다고 표현할 수는 없다. 이 감정은 서러움도 아니고 아픔도 아니다. 단풍의 색깔처럼 단어로 표현할 수 없는 어떤 느낌이다.

집으로 돌아오는 내내 머릿속을 맴돌던 질문이 있다. 비움의 아름다움. 단풍은 비움의 아름다움인가? 왜 형형색색으로 물드는 현상을 '비움'이라고 말할까? 나는 그 말을 이해하려고 애썼다. 그리고 친구들의 사진을 보며 나에게 말을 걸었다.

'빨간색 잎은 애초에 빨강으로 태어난 거야. 노랑은 노랑으로 태어났었고. 그러나 자신이 무슨 색깔로 물들 수 있는지는 알 수 없지. 왜냐하면, 아직 삶을 살지 않았거든. 자신의 삶을 잘 살아내야 내 안의 색이 무엇인지 알 수 있어. 봄과 여름 내내 햇살을 머금고 수분을 빨아들이며 제 생의 과정을 마쳐야만 비로소 자신의 색을 발현할 수 있는 요건을 갖추게 되지. 그리고 때가 되면 내가 아닌 것들을 비워내야 해. 그래야 내가 남거든. 비워야만 비로소 드러나는 나의 색깔. 그래서 잘 채우고 잘 비워내야만 내가 가진 아름다움이 무언지 알 수 있어. 여름 내내 짙은 초록으로 무성했던 잎들도 비워내지 못하면 길 위에서 버석거리는 갈잎으로 뒹굴밖에. 자신이 무슨 색인지도 모르고 말이야. 단풍으로 물이 든다는 말은 자신이 가지고 있는 색을 발현하는 과정이야. 삶이란 자신의 색깔을 찾아가는 일인지도. 그것은 내가 아닌 것들을 하나씩 비워감으로써 이루어진다네.'

나는 잘 살았는지, 잘 살고 있는 건지, 그리고 잘 비워낼 수 있을지 되물어야만 했다. 내 방식의 삶은 젊은이들의 방식이 될 수 없다. 수십 년 전의 세상이 아니고 상황이 아니다. 내가 살아온 방식과 지금 세상이 돌아가는 규칙은 다르다. 내 방식으로 나에게 주어진 시간과 공간을 살아야 한다. 같은 하늘 아래 같은 자리에 같은 시각에 공존한다고 그들과 같은 세상을 사는 것은 아니다. 그들은 여름을 살고 있고, 나는 늦가을의 길목에 서 있다. 비운다는 것은 여름이 비워진 자리에 단풍을 채우는 일이다.

말로 표현할 수 없는 이 감정은 계절의 변화와 같다. 나는 이 변화를 조금 늦게 발견했을 뿐이다. 아직 단풍은 한창이고, 겨울은 오지 않았다. 오늘이 나의 계절이다.

나는 신을 사랑하기로 했다

나는 신을 사랑하기로 했다. 신이 나를 사랑한다는 생각에 믿음이 생겼기 때문이다. 살면서 누구나 한 번쯤은 알 수 없는 어떤 힘이 나를 보호하고 있는 것 같은 느낌을 받게 된다. 처음 한두 번은 행운 같은 우연으로 치부하게 되지만, 같은 경험을 여러 번 반복하게 되면 마치 신의 가호를 받는 것 아닌가 하는 생각이 든다. 그런 생각은 가끔 '나'란 존재를 조금 특별한 마음으로 바라보게 만들기도 한다.

"여보! 당신은 신이 당신을 보호하고 있다는 생각을 해 본 적 없어? 나는 가끔 그런 생각이 든단 말이야."

"왜 없어? 나도 가끔 그런 생각이 들지."

옆에서 듣고 있던 아들도 한마디 거든다.

"그런 생각은 나도 하는걸요."

23살 아들이 대화에 참견하고 나서는 상황이 웃기기는 했지만, 내가 처음으로 그런 느낌을 의식하게 된 것이 대학교 때니까 그리 이상할 일도 아니다.

나는 유독 그런 경험이 많았다. 학생운동 당시 수많은 연행과정이나 조사과정에서 따귀 한 대 맞은 적이 없었다. 1980년대는 군부독재 시절이었으므로 시위 현장에서의 폭력은 당연한 것으로 여겨졌던 시대이다. 군홧발에 차이거나 머리채를 잡힌 채 끌려가는 여학생들이 허다한데, 나는 6년 동안 민주화운동 현장에 있었지만, 몸에 생채기 하나 난 적이 없었다. 이상하게도 나를 연행하는 경찰들은 나를 사람 취급하듯이 양쪽에 팔짱을 끼고 앞·뒤에서 호위하듯 연행하는 것이었다. 그 당시에는 참 신기하다고 생각했다. 조사를 받을 때도 다른 동지들처럼 고생한 적이 없었다. 그렇다고 내가 몸을 사리는 성격도 아니었다.

한번은 전경 버스 의자에 앉아 있었다. 앞에서부터 전경이 연행된 동지들의 뒤통수를 내리치며 차례로 모멸감을 주고 있었다. 나는 중간쯤에 앉아서 내 차례가 올 때까지 온갖 망상에 사로잡혀 있었다. '어쩌지? 자존심 상하게 다소곳이 앉아서 저 모욕을 견뎌야 하나? 뼈 하나 부서질 각오로 들이대며 깩소리라도 한 번 질러야 하나?' 전경이 내 앞으로 다가오며 팔을 높이 쳐들자 나는 반사적으로 소리를 질렀다. 이빨을 앙다문 표독한 목소리를 내며 "내 몸에 손대기만 해봐. 너 죽고 나 죽고 이 버스 안에서 송장 치를 줄 알아!" 그 말을 내뱉는 동시에 머릿속에서는 피투성이가 되어 비참하게 짓밟히는 내 모습이 스쳐 지나갔다. 그러나 전경은 팔을 올린 채 심한 욕설만 남기고 다음 차례를 향해 그냥 지나가는 것이었다.

비슷한 경험을 몇 번 반복하게 되자 나는 '신의 보호를 받는 것이 틀림없어. 그것이 조상신인지 하느님인지는 모르겠지만 내가 특별한 존재임은 틀림없어.'라고 생각하며 이 신비한 우연에 관심을 두기 시작했다.

한번은 교통사고의 위험에 직면한 적이 있었다. 초겨울 가랑비가 살짝 내렸다. 지인의 집에서 저녁 식사를 하고 집으로 돌아오려고 차에 시동을 걸 때 지인이 소금을 한 바가지 퍼서 나오더니 바퀴 주변에 뿌려주는 것이었다.

"웬일인지 이렇게 해야 할 것 같아서요."

그녀의 행동에 웃음으로 응대하며 쓸데없는 짓을 한다고 생각했지만 만류하지는 않았다. 그때에도 마음 한구석에서 혹시나 하는 마음이 작동하고 있었기 때문이다.

그날 나는 도로 위에서 180도 회전을 하며 반대편 차선 위에 역주행 방향으로 정차하게 되는 대형사고의 위험을 겪었다. 다행히 아무런 사고 없이 집으로 돌아왔다. 소금을 뿌리는 행위가 어떤 원인과 결과에 영향을 주었다고 생각지는 않는다. 그러나 위험을 감지하는 예감. 자신의 예감을 믿으며 우스꽝스러운 행위를 해서라도 나의 안전을 지켜주고 싶어 했던 그녀의 행동. 그런 것들이 나를 늘 궁금하게 했다. 그밖에도 고속도로에서 두세 번 교통사고의 위험을 직면했지만 아슬아슬하게 나의 안전은 지켜졌다. 그때에도 설명할 수 없는 우연을 통한 신호가 있었다.

아들이 어렸을 때는 차에 치이어 2m 이상 날아가 떨어졌지만 멍하나 들지 않고 멀쩡한 예도 있었고, 누구나 어려운 시기를 보냈던 IMF 때도 아무런 영향을 받지 않았다. 지금의 코로나 상황도 잘 보내고 있다. 지금 생각하면 감사하고 또 감사할 일이다.

이러니 어찌 신에 대한 궁금증을 내려놓을 수 있겠는가?

지금 작가의 길을 걷고 있는 지인의 경험에 관해 이야기도 하나 덧붙여야 할 것 같다. 그것은 이러한 신비한 경험이 나만의 것이 아니라 누구나 한 번쯤은 겪어 봤을 법한 일이기 때문이다.

이 작가는 도로에서 질주하며 달려오는 트럭 한 대를 목격하는 순간 머릿속에서 "뛰어!"라고 소리치는 간절한 함성이 들렸다고 한다. 작가는 반사적으로 눈에 보이는 쪽으로 마구 달렸고 몇 초 사이에 트럭이 달려와 다른 차량과 충돌하면서 자신이 서 있던 자리에서 처박히더라는 것이다.

또 태국으로 여행 가서 뱃놀이하기 위해 보트를 탔는데 어떤 분들이 자리를 바꿔 달라고 요청해서 자리를 옮겨 앉았다고 한다. 그런데 그 보트가 사고를 당하게 되어 자신이 바꿔준 자리에 앉았던 분들이 생명이 위험할 정도의 심각한 상처를 입었다고 한다.

모두 '우연'이 만들어 낸 결과이다. 그러나 그냥 '우연'이 만들어 낸 행운이라고 치부해 버리기에는 '나'만 느낄 수 있는 은밀한 여운이 남는다. 어떤 보이지 않는 존재가 나를 보호하고 있는 것만 같은, 그래서 나를 특별한 존재로 생각하게 하는 일이다.

물론 정도의 차이는 있겠지만 누구나 '정말 신이 도운 것 같아', '말로 설명할 수 없는 일이 일어난 거야.' 등등 논리적으로 이해하기 어려운 상황을 경험한 적이 있을 것이다.

이러한 신비로움이 신을 사랑하게 된 계기는 아니다. 나는 유물론적 관점에서 상항을 파악하는 사람이다. 지금까지는 이런 신비한 경험에 대해서는 어떤 보이지 않는 에너지의 존재를 인정하는 차원이었다. 그것은 누구나 쉽게 인정할 수 있는 이야기이다. 주변에서도 '기'에 대한 연구나 수행자도 많고, 귀신을 보거나 임사체험을 경험한 사람들의 증언도 있다. 나는 그런 현상에 대해 늘 궁금해 했다.

내가 신의 존재 또는 이런 신비의 현상에 대하여 한창 질문을 던지며 궁금해할 때 나의 단절된 질문과 질문을 연결해 주는 글귀를 만나게 되었다. 빛처럼 뇌리에 꽂히는 글이었다.

"하느님이란 전 우주 이성이며 지능이야. 그의 존재는 한 덩어리로 되어있지 않아. '그'의 절반은 우주의 물질 바깥 세계에 있어. 그건 모든 에너지의 합이야. '그'는 작은 조각으로 지구에 퍼져있고 모든 사람 안에 들어있어."

"반드시 마음이 깨끗해야 해. 빛의 힘은 깨끗한 마음에 달려

있거든. 그것이 바로 빛의 에너지니까."

러시아의 사업가가 자신의 경험담을 엮어낸 책, 《아나스타시아》에 나오는 대화 중의 일부이다.

하느님이란 '전 우주 이성이며 빛의 에너지며 에너지의 합'이라는 아나스타시아의 말이 나의 궁금증을 해결하는 데 결정적인 역할을 하였다. 신이란 작동하고 있는 일체이다. 나 또한 그 일체의 일부분이며 작동과정에 참여하고 있다. 모든 것들은 하나이며 다른 것이다. 근원은 같은 것이나 다른 현상, 다른 개성으로 존재한다. 우리가 경험하는 신비는 연결을 목도하는 과정이며 전체가 작동하는 현상 일부이다. 신은 존재의 이 연결과정에서 현상으로 만나게 된다.

이 사실을 다르게 말한다면 우리가 경험하는 일상이 신비로움이다. 그러나 그것이 일상화됨으로써 신비로움을 상실했을 뿐이다. 자연의 신비를 보라. 자연이 존재하는 원리를 가만히 들여다보면 모두가 신비로움뿐이다. 싹이 트고, 꽃을 피우며, 열매를 맺기 위해 씨를 뿌리는 과정이 얼마나 정교하고 섬세한지 감탄하지 않을 수 없다.

모든 존재는 상상할 수 없는 방식으로 작동하는 저마다의 규칙을 갖고 있다. 그러나 우리는 그것의 신비를 체감하지 못한다. 늘

보던 모습만 보고 생각하던 방식으로만 생각하기 때문이다. 그러나 조금만 눈을 돌려 관찰한다면 존재 자체가 얼마나 신비로움으로 가득한지 깨닫게 된다.

신비로움이란 인식 범위 밖의 일을 말한다. 예측 불가능하고 논리적이지 않은 인간이 상상할 수 없었던 일을 경험하는 것이다. 그러나 그것은 단지 우리가 인식하지 못했을 뿐 언제나 작동하고 있는 운동 원리다.

신과의 이 연결이 가능한 것은 바로 사랑이고 순수다. 우리의 의식이 외부로부터 주입된 관념에 사로잡혀 있지 않을 때, 영혼의 소리를 따라 열린 마음으로 세상과 마주할 때, 이 연결이 가능해진다. 그리고 삶 속에서 신을 만나는 것이다. 신은 저기에 있는 대상이 아니다. 나와 내 옆에 그리고 내가 알지 못하는 세상에 동시에 같은 에너지로 존재하며 작동하고 있는 실재이다. 신을 믿지 않아도 신을 만날 수 있고, 신을 숭배해도 만나지 못할 수도 있다. 아니, 좀 더 정확하게 말한다면 신의 일부, 신이 발현되는 현상을 만나는 것이다. 그것은 사람과 사람 사이에 있고, 존재와 존재 사이에 있으며, 우리가 알지 못하는 세상에 있다. 우리는 신의 세상에 신의 일부로 사는 것이다. 신은 전체이고 조화이다. 그리고 끊임없이 작동하는 운동이다.

신의 존재를 규정하려는 것은 무의미하다. 인간의 역사가 끝나는 순간까지 의문으로 존재할 수밖에 없는 무한대의 영역이다. 우리가 선택할 수 있는 것은 믿고 행동하느냐 증명하려고 애쓰느냐의 차원이다. 믿는 사람은 인식 너머의 세상으로 문을 열고 신을 받아들이는 것이고, 이해하려는 자는 모든 논리와 증거들을 수집하는 일에 전념할 것이다.

단지 우리가 중요하게 생각해야 할 것은 원하는 모든 것들이 지금 여기에 있다는 사실을 자각하는 것이다. 그것은 아무것도 아닌 존재가 됨으로써 모든 것들과 하나 되는 일이다.

신의 존재는 인간을 통해서 인간 세상에 모습을 드러낸다.

미지의 시계는 늘 현재를 넘어서는 자리에 있다.

영원히 다다를 수 없는 '신'이다. 그리고 인간은 그곳을 향해 전진하는 존재이다.

8장 '받아들임'

: 사랑이 있는 곳에 신이 있다

자유에 대한 환상

자유란 구속을 인정함으로써 얻을 수 있는 개념이다. 구속 또한 마찬가지로 자유에 대한 대립의 개념으로 존재한다. 자유와 구속은 한 몸인 셈이다.

기본적으로 인간은 자연의 제약에서 벗어날 수 없다. 태어나고 병들고 죽어가는 원초적 구속에 얽매여 있다. 그러나 사람들은 이것을 구속이라고 생각하지 않는다. 당연한 것으로 받아들이고 있으며 그것을 제거해야 할 대상으로 생각하지 않는다. 다만 인간의 영역을 넓혀가기 위해 자연을 개발하거나 파괴하고 있다. 수명을 연장하고 건강한 삶을 유지하기 위해 의학 기술을 개발하고 있다. 사람들은 그것을 발전 또는 진보라고 부른다. 자유라고 말하지 않는다.

그렇다면 인간은 무엇에 대하여 구속을 느끼고 어떤 자유를 갈망하는 것일까? 또 개인의 삶을 구속하는 것은 무엇일까?

무엇인가를 원할 때 그것을 취할 수 없게 하는 조건과 환경으로부터 구속을 느낀다. 자신이 원하는 것과 구속 조건이 첨예하게 대립할수록 자유에 대한 갈망은 간절하게 다가오고 역으로 구속은 더 강하게 느껴진다.

  나도 한때는 자유로운 영혼이 되고 싶었다. 가보고 싶은 곳도 많고, 해 보고 싶은 것도 많았다. 놀기도 하고 멋지게 치장하고 거리를 활보하고 싶어 하기도 했다. 사색에 젖어 멈춰진 시간으로 들어가고도 싶었다. 그것을 할 수 없는 현실이 모두 구속인 셈이다.

  독서 모임을 지도하고 있는 선생님은 2년에 한 번씩 해외여행을 기획하고, 2주에 한 번씩 우리나라 명소들이나 맛집을 탐방하는 여행을 주관했었다. 나도 늘 그 여행자 중의 한 사람이 되기를 희망했지만, 행동으로 옮기지는 못했다.

  "가고 싶으면 가. 뭐가 문제인데?"

  여행 때마다 빠짐없이 참여하는 회원 중의 한 사람은 너무도 쉽게 말한다.

  "돈도 없고, 시간도 없어."

  핑계 또한 너무도 쉽다. 이유는 늘 똑같다.

"나도 매달 20만 원씩 적금 붓고 있잖아, 여행 가려고. 회사에서 연차 내 주면 감사한 거고 안 내주면 그냥 사표 쓰고 가는 거지."

그녀는 사회복지사 1급 자격증을 가진 어린이집 지도교사이다. 여행을 가기 위해 직장을 몇 번 바꾸기도 했다. 그녀는 직장을 고정불변의 안정적인 밥줄로 생각하지 않는다. 자신이 하고 싶은 것을 하기 위해 돈을 마련하는 곳이다. 여행을 선택하는 대신 안정적인 직장에서 승진하거나 대우받기를 포기했다. 또 어른들이 말하는 밥 잘하고 살림 잘하는 완벽한 엄마와 아내의 자리도 포기했다.

그러나 나는 여행을 포기하고 꼬박꼬박 나오는 월급과 사람들로부터 책임감 있는 직원으로 불리기를 선택했다. 집을 비우지 않기를 바라는 남편의 마음과 헌신적인 아내의 이름표를 선택했다. 그리고는 여행 하나 마음대로 갈 수 없는 현실을 구속이라고 생각한다. 한숨 섞인 신세 한탄을 한다.

자유란 벽, 경계에 갇히지 않는 것을 의미한다. 물리적 구속뿐만 아니라 관념의 경계를 넘어서는 일이다. 지금 내가 여기에 있는 것은 여기에 있음을 선택한 것이다. 내가 여기에 있음을 포기하는 것도 선택이다. 인간은 어떤 구속에 머물러 있을 수밖에 없

다. 그 구속을 유지하는 것이 자유의지에 의한 선택인지 외적 강
제에 의한 강요인지가 자유와 구속의 차이다.

그것은 곧 자신의 환경에 대하여 주체적으로 참여하는 주인의식
을 갖느냐 아니면 환경의 요구에 복종하는 종의 의식을 갖느냐 하
는 문제이다. 간단한 경우에는 의식의 전환과 삶의 태도만으로도
자유와 구속의 자리는 얼마든지 뒤바뀔 수 있다.

물론 의식의 전환만으로 변화시킬 수 없는 구속도 존재한다. 이
럴 때 자유란 용기가 필요하다. 자신의 선택을 보호하고 유지하
기 위해 용기로 맞서야 하는 상황도 생겨난다. 용기는 자유를 획
득하고 지켜낼 수 있는 무기이다. 때에 따라서는 칼날의 차가운
빛처럼 냉정하고 예리하게 휘둘러야만 한다.

"나는 아무것도 바라지 않는다. 나는 아무것도 두려워하지
않는다. 나는 자유다."

《그리스인 조르바》의 저자 니코스 카잔차키스의 묘비명에는 이
렇게 적혀 있다. 나는 이 말을 궁극에 도달하게 될 자유에 대한
정의라고 생각한다. 카잔차키스의 철학과 사상에는 다가설 수 없
으므로 그의 자유에 대하여 말할 수는 없다. 단지 그의 묘비명에
적힌 문장을 빌려 쓰려는 것뿐이다.

아무것도 원하지 않음으로써 소유도 없고 구속도 생겨나지 않는

다. 물질적이든 정신세계의 문제이든 마찬가지이다. 그러나 그것이 소극적인 삶의 태도를 의미하지는 않는다. 그의 작품 속에서 조르바는 거침없이 행동하는 진정한 열정의 사나이다. 조르바는 사랑하고 싶으면 사랑하고, 떠나고 싶으면 떠난다. 춤을 추고 싶을 때 춤을 추며, 노래하고 싶을 때 노래한다.

조르바는 온갖 정성과 열의를 쏟았던 탄광 사업이 망하자 소리를 지르며 춤을 추었다. "하느님, 작고하신 우리 사업을 보우하소서. 오, 마침내 거덜 났도다!" 그는 자신의 선택에 모든 열정을 다한다. 그러나 그것의 결과에 집착하지 않는다. 최선 이후에 주어지는 것을 겸허히 받아들이고 훨훨 날아간다. 그에게 상실이란 새 한 마리의 날개에 영혼을 실어 하늘로 날려 버리는 일이다. 그는 아무것도 구속하지 않음으로써 무엇에도 구속당하지 않는다. 심장이 뛰는 일에 집중하고, 심장이 이끄는 대로 걸어가는 삶을 산 사람이다.

자유로운 영혼의 대명사 조르바는 펄떡거리는 심장 하나만을 소유했을 뿐이다.

이야기 속 이야기

하나의 이야기를 하려고 한다. 뭐 그리 대단한 이야기는 아니다. 누구나 한두 번쯤 들어봤을 만한 이야기. 그러나 하나의 이야기가 들을 때마다 다르게 말하는 이야기 속 이야기를 꺼내려고 한다.

한 사업가가 사업도 망하고 되는 일도 없고 해서 도시락을 싸 들고 매일 산행을 했다고 한다. 하루는 도저히 살 방도가 마련되지 않아 산을 오르다가 죽음을 결심하게 되었는데, 그때 서낭당이 눈에 띄더란 것이다.

"산신령님. 제가 가진 건 이 도시락뿐인데 이거라도 받아주십시오. 저는 죽을 몸이니 먹는 것이 의미가 없습니다. 신령님께 받치니 산짐승들 먹이라도 하게 해 주십시오."

사업가는 도시락을 제단에 올리고 산신령께 절을 한 뒤 산으로 올라가 나무에 목을 매려고 했다. 밧줄에 목을 매려는 순간 커다란 호랑이 한 마리가 무섭게 달려드는 것이었다. 남자는 기겁을 하고 도망쳐 내려와 죽지 못한 것을 한탄하며 다시 일을 시작했다고 한다. 그런데 이상한 일이 벌어지기 시작한 것이다. 일이 하나둘씩 들어오기 시작하더니 사업이 번창하는 것이었다. 그래서 부자가 됐다. 그 사업가는 산신령이 도왔다고 생각하고 매년 그 서낭당에 감사의 제를 올리는 것을 멈추지 않았다고 한다.

싱겁고 재미없는 이야기이다. 너무 뻔해서 말이다. 그런데 나는 이 이야기에서 아이러니한 진실을 하나 발견했다. 남자는 왜 호랑이의 습격을 피해 도망쳤을까? 이래 죽으나 저래 죽으나 마찬가지인데 자신의 목숨을 스스로 끊는 일이 더 어렵지 않을까?

인간은 본능적으로 외부의 힘으로부터 구속당하는 것을 거부하고 자신의 생명을 보호하려고 한다. 그것이 모든 생명의 본성이다. 자신을 보호하고 방어하며 매 순간 자신을 위한 선택을 한다. 삶의 모든 순간이 그런 자신의 본능에 의한 선택으로 이루어졌다는 사실을 자각하지 못할 뿐이다. 끊임없이 다가오는 선택에 대한 책임으로부터 도망치고 싶을 때가 있기 때문이다.

남자는 스스로 생명을 포기할지언정 마지막 순간의 선택권을 호랑이에게 양보하고 싶은 마음이 없었다. 그것이 모든 생명의 작동 방식이다. 만약에 사업이 풀리지 않았다면 이 남자는 호랑이에게서 도망쳤던 그 자리에서 다시 자신의 죽음을 선택했을지도 모른다.

한 가지 더 말하고 싶다. 사랑에 관한 문제이다. 남자의 도시락 보시는 어떤 보상을 기대하고 한 일이 아니다. 아무런 마음 없이 이루어진 일이다. 도시락을 올리며 "산신령님 저 좀 살려 주세요."라고 이야기가 구성되지 않은 까닭이 무엇일까? 또 산신령은 겨우 도시락 하나의 대가로 목숨도 살려주고 사업도 번창하게 해준단 말인가?

죽음을 앞둔 보시는 인간의 가장 순수한 본성 앞에서 이루어진 사랑이다. 내가 가진 것을 산짐승의 먹이로라도 유용하게 쓰고 싶은 마음. 어차피 그가 먹고 죽던 끌어안고 죽던 그것은 짐승들의 먹이가 될 수밖에 없다. 그런데도 주고 싶은 마음이 먼저 작동한 것이다.

마음의 모든 것을 내려놓고 본성 앞에 서면 인간은 저절로 주변에 순수한 사랑의 시선을 보내게 된다. 인간 본연의 흐름이다. 원래 모든 존재는 사랑으로 연결되어 있다. 우리가 산이나 들의 자연 속에서 저절로 무방비 상태가 되고 방어기제를 풀어 놓으며 공격성을 상실하는 것은, 자연이 아무런 의도를 갖지 않기 때문이다.

그렇게 자연으로부터 치유와 위안을 얻게 된다. 무위의 자연과 나의 내려놓음이 우리를 본성으로 연결해 준다. 이것은 모든 것들을 사랑하는 일이 곧 자신을 사랑하는 일이라는 것을 알게 해준다. 자신을 사랑하는 길이 모든 것을 사랑하는 일이고, 우주 만물을 연결하는 일임을 깨닫게 한다.

어려서부터 듣던 이야기이지만 우리는 그 이야기의 행간을 깊이 생각하지 않는다. 그냥 착하게 살아야 한다는 어른들의 결론을 듣는 것으로 이야기의 결말을 마무리한다. 선조들의 삶에서 나온 지혜인데도 말이다. 모든 것들은 현재 나의 삶과 연결되어 있다. 동화 속 옛날이야기도 공상과학 영화의 믿기지 않는 장면들도 지금의 삶에 관한 이야기가 들어있게 마련이다. 사람들이 만들어낸 이야기이기 때문이다.

동화 같은 이야기에도 철학이 담겨있다. 삶의 모든 사소한 일상이 철학이고 사랑이다.

기적을 만든 친구들

나에게는 오래된 친구들이 있다. 대학 시절부터 시작된 인연이다. 누구나 그랬듯이 젊은 날을 열정으로 방황했던 청춘들이었다, 우리의 피크 타임은 30대 초반이었다. 그 시대의 결혼 적령기로 본다면 우리는 모두 노처녀였다. 그래서 스스로 노처녀 모임이라고 불렀다. 이때는 자유로운 영혼으로 여행과 낭만적 분위기를 즐기며 온갖 끼를 방출하던 시기였다. 그렇다고 지금의 골드미스를 상상하면 곤란하다. 우리는 가난했고 못생겼고 촌스러웠다. 그러나 누구보다도 낭만적이고 자유스러웠으며 멋을 아는 친구들이었다. 우리가 모이는 곳에는 늘 촛불과 와인과 노래가 있었고 즉석 연극과 막말 대사가 있었다. 원 없이 제멋대로 살아본 노처녀들이었다.

그 친구들은 50을 훌쩍 넘긴 이 시각에도 아주 멋지게 살고 있다. 어떤 친구는 제2의 인생을 준비하는 과정에서 산림치유사가 되기 위해 고시생보다 더 열심히 공부하고 있다. 어떤 친구는 자신만의 세계에서 문학과 인문학에 대해 깊은 통찰을 해가며 글쓰기를 하는 일에서 하루의 행복을 느끼며 산다. 또 어떤 친구는 속초에 보금자리를 마련하고 인연이 닿는 모든 예술가에게 소통의 공간을 내어준다. 그들의 정신세계를 경험하며 공유하는 것을 삶의 낙으로 여기고 있다.

나는 그런 친구들이 자랑스럽다. 그중에 한 친구에 관해 이야기하려고 한다. 속초 친구와 그녀가 사랑한 그녀의 친구에 관한 이야기이다. 속초 친구들에게는 어떤 특별한 끈끈함이 있다. 자기들끼리 사랑하고 갈등하는 감정 사이에 독특한 지방색이 내포되어 있다. 몸으로 사랑하고 몸으로 아파하는 친구들이다. 바닷가의 특색이 주는 열린 마음과 어린 시절을 함께 보냈던 기억들이 그들의 관계를 특별하게 만들고 있는 것 같다.

친구의 친구를 처음 본 것은 대학교 교정에서였다. 그녀는 단발 머리에 생활 한복 같은 헐렁한 바지와 웃옷을 걸치고 다녔다. 지금 홍대나 이태원 거리에서나 마주칠 수 있는 개성파 남학생에게 서나 볼 수 있는 옷차림으로, 35년 전 지방대학교 캠퍼스에서는 좀처럼 볼 수 없는 모습이었다. 처음엔 학생답지 않은 옷차림과 특이한 표정으로 웃음을 흘리고 다니는 그녀가 정신이상자인 줄 알았다. 그런데 알고 보니 내 친구들의 절친이었고 그림을 그리는 미대생이었다. 그런 것을 보면 그녀는 시대를 앞서 사는 예술가였던 것이 분명하다.

그녀는 졸업 후에 아들을 하나 낳고 싱글 맘이 되었다. 그림 그리는 일에 행복을 느끼며 삶의 낙으로 여기는 그녀는 부모님의 일을 돕거나 남의 집 일을 하며 그림을 그리기 위한 물감을 사들였다. 그녀가 일하는 이유는 아들을 키우는 일과 그림 도구를 장만하는 일 이외에 아무런 목적이 없었다. 물감을 원 없이 써보는 것이 그녀의 소원이라고 말했다. 그림을 그리기 위해서는 남의 집 설거지도 즐겁다고 했다.

그녀가 2015년 나이 50이 되어서 '속초다'라는 제목으로 첫 전시회를 열었다. 김종숙 화가다. 전시회를 열게 된 사연이 재미있다. 나의 친구들은 그녀의 그림 실력을 늘 아까워했다. 그냥 저만 좋아서 하는 일이라고 치부하기에는 그림이 주는 영감이 너무 크다는 것이다. 전시회를 하기 전에도 아동작가 박기범 씨의 《그 꿈들》이란 책에 삽화를 그리며 그림 실력을 인정받았지만, 미술계에는 엄두도 내지 못하고 있었다.

아마추어 화가인 그녀는 자신의 그림을 평가받는 일에는 관심이 없었다. 말 그대로 그림을 그리지 않으면 살 수가 없어서 붓을 드는 것이었다. 그만큼 그림 그리는 일을 좋아했고, 그 행위에는 어떤 보상도 목적도 개입되어 있지 않았다. 그러니 그녀의 그림이 세상에 알려질 일은 없다고 봐야 할 것이다. 나의 친구들은 그녀의 재능이 세상에 나와 빛을 보지 못하고 있는 현실을 안타까워했다. 무엇보다도 그녀가 물감 걱정 없이 그림에만 몰두할 수 있게 해 주고 싶었다고 한다.

친구 둘은 그녀 몰래 그림을 들고 무작정 인사동으로 나섰다. 미술계에 아무런 연고도 없고 아는 사람도 없이 갤러리를 노크하며 그림을 평가해 달라고 부탁했다. '무식이 용감'이라고 미술계의 관행이나 문화에 대해 아무런 정보가 없었던 친구들은 무작정 갤러리의 문을 두드리고 거기에서 얻는 정보를 가지고 또 다른 곳의 문을 두드리는 방식으로 미술계의 세상으로 침투하였다.

그때 만나게 된 분이 소설가이자 미술평론가인 박인식 씨다. 그

분이 그녀를 설득하고 기획을 자임하며 첫 전시회가 열리게 되었다. 그녀는 전시회와 함께 미술계의 새바람을 일으키며 주목을 받기 시작했다. 당시에 미술계는 엄청난 불황이었는데 그녀의 그림에 대중들의 반응이 뜨거워지며 미술계에 이변을 일으킨 것이다. 그녀는 2017년 두 번째 전시회를 다시 열었고 지금은 열심히 창작활동에 전념하고 있다.

친구에 대한 사랑이 행동할 수 있는 용기를 주었고 기적 같은 일을 만들어 낸 이야기이다. 우리는 첫 전시회 때에 모두 모여 그녀를 축하하기도 하고 염려하기도 하며 밤을 지새웠다. 그리고 그녀의 첫 출발의 결과가 걱정되어 그림을 한 점씩 사는 것으로 응원하기로 했었다. 그러나 기우였다. 그녀의 그림은 거의 완판의 결과를 만들어 냈다. 전시장을 방문했던 일본의 미술평론가들은 자신들의 미술 잡지에 한국 그림의 맥을 이어가는 화가 3인을 꼽으며 그중에 '김종숙'이라는 이름을 올렸다고 한다.

사랑은 기적을 만들어 낸다. 그 기적에 관한 이야기는 주변에서 어렵지 않게 접할 수 있다. 실화를 바탕으로 한 영화도 꽤 여러 편 있는 것으로 안다. 「말아톤」, 「사랑의 기적」, 「하치 이야기」 등. 왜 기적이라고 말할까? 상식적으로 가능하지 않은 일이 일어나기 때문이다. 사랑하는 사람을 위해 무엇인가를 소망하고 열망하는 일은 우리의 뇌를 비상식적으로 만든다. 상식의 생각 패턴이 리셋된다. 이 상태의 뇌는 순수상태이다. 순수상태가 된다는 것은 몇 가지의 가능성 또는 예측되는 인과의 흐름을 원점으로 되돌려 놓는다. 가능성은 무한대로 열리고 결과는 예측할 수 없는 상태가 된다. 이런 상태에 단 하나를 향해 에너지를 모두 쏟아 넣는다. 이럴 때 기적이 일어난다. 상상 이상의 힘이 작동한다. 가능성의 예측된 경로를 삭제하고 새로운 경로를 설정한다. 흐름이 바뀌는 것이다. 그것이 기적이고 사랑의 힘이다. 상식의 개념을 뛰어넘는 생각을 하고 또 그 생각을 행동으로 옮기는 것이다. 그것도 절실한 마음과 믿음을 갖고서 말이다. 상식으로 이루어질 수 없는 일에 도전하는 마음은 얼마나 간절할 것인가? 사랑의 간절한 마음과 그것을 실천하는 용기는 기적이라는 선물로 대답한다.

그림을 들고 인사동을 헤매던 친구와 통화를 했다.

"너는 사랑이 뭐라고 생각해?"

"글쎄, 사랑이란 것을 특별히 생각해 본 적이 없어서 잘 모르겠네. 그런데 왜 호두나무가 떠오르지? 호두나무는 꼭 새 가지에서 열매를 맺는다. 작년에 열매를 맺었던 가지에서 열매를 맺으면 그 가지는 꼭 죽더라고. 그리고 열매를 맺을 때 쌍으로 열려. 그것도 희한하지? 사랑이 뭔지 모르지만 왜 호두나무가 생각날까?"

친구는 집 앞의 호두나무를 관찰하며 느꼈던 감정을 사랑으로 연결하여 떠올렸다. 자신이 열매를 맺는 것보다 새 가지에서 열매를 맺도록 도와주는 것이 사랑이라고 생각한 모양이다. 친구는 사랑을 그렇게 말한다.

인간의 본성에는 사랑이 있다

인간의 본성은 무엇을 추구하는가? 인간은 태어날 때 '선함'이나 혹은 '악함'을 가지고 태어나는가? 그것이 이원적이며 기계적인 사고방식의 우매한 질문이라고 인정하더라도 인간의 삶이 궁극적으로 무엇을 추구하는지, 인간 내면에 흐르고 있는 속성이 어떤 것인지는 꽤 궁금하다. 세상에는 선한 영향력만큼 악한 영향력이 존재하고 있기 때문이다. 그런 질문을 받을 때 나는 늘 성선설에 한 표를 던진다. 인간의 본성이 선하기를 희망하는 나의 주관적 바람이 작동한 결과이기도 하지만, 옛 성현들이나 많은 사람의 정신적 본보기가 되는 삶들이 언제나 사랑과 자비, 용서를 이야기하고 있기 때문이다.

가족 단톡방에 영상이 하나 올라왔다. 한 젊은 청년이 식당에서 음식을 구걸하는 노인을 야박하게 대하며 멸시하는 장면이다. 그 장면을 유심히 지켜보던 어떤 신사가 자신의 음식을 나눠준다. 노인은 신사에게 얻은 음식을 먹지 않고 싸서 나가더니 나무 아래에 앉아 있는 할머니에게 다정하게 먹여주는 것이다. 신사는 마음 아파하며 두 노인이 충분히 먹을 수 있도록 음식을 더 주문하여 돈과 함께 노인들에게 건네준다.

설명으로는 그리 감명 깊지 못하지만, 동영상 안 노인들의 모습과 청년이 박대하는 장면이 대비되어 좀 더 감정이입이 잘 되는 영상이었다.

7남매의 소통창구인 단톡방에 오빠는 새벽 6시마다 아름다운 글이나 영상을 올린다. 그러나 누구도 오빠의 노력에 합당한 리액션을 주지는 않는다. 아름다운 글이란 것이 너무도 흔하게 널려 있고 또 그런 종류의 글이 삶에서 많이 동떨어져 보이기 때문이다. 나는 오빠가 스스로 마음을 달래기 위한 습관과 같은 행위라고 생각했다. 왜냐하면, 오빠는 엄마와의 갈등에 항상 예민하게 노출되어 있고, 스스로 그 문제를 해결하거나 포용하지 못하고 있기 때문이다. 그러면서도 늘 아름다운 글귀나 영상들을 찾아 올린다. 자신의 마음을 그것으로 달래고 있다. 그런데 이번 영상에 큰언니의 반응이 올라왔다.

"눈물 찔끔 나오도록 감동이네요."

"나도 감동. 눈시울은 비밀."

언니와 오빠는 서로의 감동을 나누며 민망스러움을 큭큭 거리는 이모티콘으로 대신하며 대화를 나누고 있었다. 나도 한마디 거들었다.

"사람들은 감동할 뿐 그렇게 살려고 노력하지는 않습니다. 보기에는 감동이지만 실천은 어려운 일이거든요. 요즘 제 화두입니다."

사람들은 배려와 사랑, 자비의 행동에 대하여 감동한다. 그리고 그것이 아름답다고 생각한다. 본인은 그렇게 행동하지 않으면서도 말이다. '나'가 그렇게 살지 못하다고 해서 그것에 감동하지 않는 것은 아니다. 이기와 파괴의 행동에 대하여는 눈살을 찌푸린다. 자신이 그런 삶을 살고 있을지언정 말이다.

각자 다른 행동을 하고 있더라도 현상에 대한 반응은 같다. 왜 일까? 달리 보이는 사람들의 가슴 속에도 어떤 같은 속성이 흐르기 때문이 아닐까? 사랑과 자비를 향하는 마음 말이다.

아무것도 모르는 갓난아이를 보면서 웃음 짓지 않는 사람은 없다. 누구나 온화한 미소를 보내며 인사말을 건네거나 손을 흔들어 준다. 그러면서 자신도 순수의 시간으로 돌아간다. 사회 범죄를 저지른 사람일지라도 마찬가지이다. 아이를 향해 악의를 드러내지는 않는다. 순수를 마주하는 순간만큼은 자신의 범죄 사실을 잊는다.

사람들은 잘 알고 있다. 아기에게는 어떤 의도도 들어있지 않다는 것을. 모든 것들을 열린 마음으로 바라보는 호기심이 있을 뿐, 대상에 대하여 어떤 의도를 품지 않는다. 이런 순수 앞에 모든 사람은 순수가 된다. 사람들이 경계하거나 적의를 품는 것은 그만큼 살아오면서 상처를 받고 순수를 잃게 되기 때문이다. 아이가 경험을 통해 사물을 구분하듯 우리의 경험이 어른들을 사랑으로부터 멀어진 거리에 놓여 있게 만드는 것이다.

노인을 향한 신사의 자비는 무엇일까? 돈을 쓰고도 남는 부자였기 때문일까? 그렇게 따진다면 노인의 한 끼 음식을 대접할 수 없는 사람은 거의 없다. 굶주린 노인에게 한 끼 음식을 대접하지 못할 만큼 보통 사람들의 삶이 가난하지는 않다. 나의 화두에 대하여 언니는 이렇게 답했다.

"노력해서 하려면 힘든 일이고, 앞에서 못된 놈이 동기를 유발해서 반사적 정의감과 본성인 측은지심이 발현된 것이지.

착한 건 타고 난다고 봐."

"맞아! 저절로 행해지는 일이야. 노력하는 것과는 다르지.
노력에는 이미 자기희생이란 단어가 포함되거든. 의식하지
못하지만 말이야."

언니도 측은지심이 인간의 본성이라고 말한다. 사람들의 무의
식 속에 사랑과 자비는 본성으로 자리 잡고 있다. 착한 것을 타고
나는 사람이 따로 있는 것은 아니다. 그런데도 삶의 현장에서 실
천은 왜 그리 어려운 문제일까? 도대체 어른들은 본성으로부터
얼마나 멀리 떨어져 나온 것일까? 자신의 삶과 무관하게 측은지
심의 행동에 감동하고 아름다움을 느낀다. 그것은 자신의 본성을
완전히 놓아 버리지 못하고 감성적으로나마 추구하고 있다는 이
야기인 셈이다.

나의 삶은 그곳으로부터 얼마나 멀어져 있을까?

지금이 최상의 결과다

'참 이상하네.' 빨래를 널기 위해 베란다로 나가거나 화분에 물을 줄 때마다 고개를 갸우뚱거린다. 말라죽기 일보 직전에 겨우 선심 쓰듯 물을 뿌려대는 게으른 주인을 만난 화초들이 20년 가까이 잘 자라주는 것도 신기하지만, 너무 잘 자라 천장에 닿으려고 하는 선인장 '꽃기린'이 자꾸 눈에 들어온다.

무언가를 키우거나 기르는 일에 섬세하지 못한 주인의 성격 탓에 베란다에 방치된 화초들은 오로지 제 생명력에 의존해 무성하게 자라고 있다. 그중에 만냥금은 20년 전 아들의 손을 잡고 시장에 나갔다가 빨간 열매의 유혹을 뿌리치지 못해 사 들고 들어온 녀석이다. 물론 꽃 가게 아주머니의 너스레도 한몫했다.

"이 화초를 기르면 집에 복이 들어와 부자가 된대요. 그래서
이름도 만냥금이잖아요!"

20년 동안 살림살이가 나아진 것은 없지만 풍성한 가지와 주렁주렁 매달린 빨간 열매가 타일로 뒤덮인 삭막한 베란다의 공기를 바꿔 준 것은 사실이다. 만냥금은 몇 년 전에 가지치기를 해주었

다. 손바닥 크기만 했던 녀석이 품으로 안을 수 없을 만큼 자라 베란다 통로를 점령했기 때문이었다.

그런데 지금은 선인장 '꽃기린'이 베란다의 높이를 점령하고 있다. 꽃기린은 내가 선택한 녀석이 아니다. 누군가에게 선물 받은 것으로 기억된다. 꽃기린 역시 20년 가까이 우리집 베란다에서 자라고 있다.

베란다의 높이를 내어주는 것은 크게 불편한 일이 아니다. 그래서 그 녀석을 일찍이 잘라줄 생각을 못 한 것도 있지만, 녀석의 생김새가 가위를 들지 못하게 했다는 것이 더 맞을 것 같다. 내 팔을 위로 뻗어서도 닿을 수 없을 만큼 자란 녀석은 중간에 가지를 내지 못하고 위로만 자란다. 나무 작대기에 꽃다발을 꽂아 놓은 듯 잎과 꽃이 맨 위에만 매달려 있다. 잎은 꽃을 호위하듯 꽃이 피는 자리 바로 밑에 몇 겹 자랐다가 차례로 떨어지며 가시만 남겨 놓는다. 화분 위에서부터 잎의 자리까지는 그냥 가시나무이다. 꽃기린의 절정은 맨 꼭대기에 있는데 그것을 잘라준다는 것이 꽃기린의 모든 것을 부정하는 것 같아 선뜻 가위를 댈 수가 없었다. 물론 잘 알고 있다. 생명이라는 것의 신비함을. 당연히 내가 가위질한 자리 어딘가에서 새로운 생명의 줄기가 시작될 수도 있겠지만 당장 느껴야 할 공허함에 대한 상상이 그 녀석에게 아무것도 할 수 없게 만든다.

베란다로 나갈 때마다 가위질의 적절한 시기를 고민하다 보니 신기한 한 가지를 발견하게 되었다. 꽃기린이 어느 지점부터 휘어지기 시작했다. 몸 전체가 비스듬히 쓰러진 것이 아니라 곧게 직선을 유지하며 자라다가 어느 지점에서 손으로 철사를 구부린 것처럼 굽어서 사선으로 자라고 있었다. 꽃기린은 세 가닥으로 자라고 있는데, 세 가닥 모두 굽어 있다. 천장까지는 한 뼘 반 정도의 공간이 남아 있는데 왜 일찌감치 방향을 틀었을까?

실제로 선인장이 굽어진 위치는 천장으로부터 팔뚝 길이만큼 떨어진 한 참 먼 거리에 있다. 위에 천장이 막혀 있다는 사실을 미리 감지했다는 말인가? 세 가닥 중 두 가닥은 다른 한 가닥보다 먼저 방향을 틀었다. 굽어진 위치가 한 참 아래에 있다. 그것의 이유는 분명하다. 두 가닥 위에는 빨래 건조대가 놓여 있기 때문이다.

처음에는 창으로 들어오는 햇살이 영향을 미친 것이 아닐까 의심했지만, 그것은 아닌 것으로 결론을 내렸다. 베란다 창은 천장까지 높게 뚫려 있었고 햇살의 높이는 선인장 머리 위로 충분하게 비치고 있었기 때문이다. 결정적 증거가 된 것은 바로 세 가닥의 굽어진 위치가 다르다는 것이다. 더구나 건조대 아래에서 자라던 두 가닥은 엇비슷한 위치에서 굽어 있고, 건조대 뒤쪽으로 머리를 내밀고 있는 녀석은 한참 위에서 굽었다는 것이 바로 그 증거이다.

아침에 이불 속에서 뒤척이며 백수의 특권이 주는 게으름을 즐길 때, 베란다 쪽으로 나 있는 안방의 반투명 창에는 녀석들의 그림자가 장관을 이룬다. 마치 정글의 숲속에 와 있는 것처럼 베란다를 점령한 화초들의 그림자가 커튼처럼 드리워져 있다. 녀석들은 아침 햇살을 집어삼키고 자신들의 모습을 드러낸다. 창문을 닫고 녀석들을 거부할 때도 말이다. 그럴 때마다 선인장의 그림자 위에 굽어 있는 위치를 어림잡아 가늠하고 질문을 한다.

'도대체 저 녀석은 어떻게 자신의 장애물을 미리 알았을까? 박쥐처럼 주파수를 날려 되돌아오는 지점의 거리를 계산하고 자신의 진로를 결정하는 것인가?'

생명의 신비한 조합에 또 한 번 감탄할 수밖에.

가끔 보도블록이나 아스팔트의 깨진 틈을 비집고 나와 피어있는 민들레나 제비꽃을 만날 때가 있다. 생명이라는 것의 위대함에 감탄하게 하는 장면이다. 그런 끈질긴 생명력을 만날 때면 걸음을 멈추고 그 앞에 경의를 표하곤 한다. 그런데 지금 생각해 보면 애초에 틈이 없었다면 씨앗은 싹을 틔웠을까 하는 의문이 든다.

생명이란 모든 것들을 계산할 수 있는 능력을 갖추고 있는 게 분명하다. 보도블록 바닥에는 노란 싹들이 자라고 있는 경우가 많다. 이리저리 몸을 비틀며 작은 틈을 찾아 부실한 몸을 연장하고 있는 생명. 그 생명은 결국 틈을 찾는 여행에 성공하고 지상 위로 얼굴을 내민다. 어떻게 알 수 있었을까? 자신이 살아남을 수 있다는 것을.

담쟁이넝쿨로 뒤덮인 오래된 담을 끼고 돌 때도 여전히 같은 의문을 품는다. 담쟁이는 오른쪽에 담이 있다는 것을 어떻게 알았을까? 왼쪽으로 가지를 뻗으면 지나가는 사람들의 발에 밟히거나 순식간에 제초기의 톱날에 부서져 버릴 운명이라는 것을 예견이라도 할 수 있다는 말인가?

생명의 신비다. 모든 생명은 자신의 운명을 개척해 나갈 수 있는 능력을 갖추고 있다. 싹을 틔우기 전부터 가진 능력. 생명의 가능성을 내포하는 순간 장착하게 된 시스템. 인간도 마찬가지일 것이다. 인간 또한 자연이 아니던가? 인간이 자연의 본성에 몸을 맡긴다면 어쩌면 가장 안전한 삶을 선택할 수 있는 능력을 최대한 발휘할 수 있을 것이다. 인간이 자연에 최대한 머물 수 있다면 말이다. 물론 실패한 때도 있을 것이다. 빨래 건조대 아래에서 몸을 굽혀 자라고 있는 꽃기린 마냥. 두 가닥의 꽃기린은 건조대를 완전히 피하는 것에서 실패했다. 그래서 커다란 잎들이 건조대에 걸려 자신의 정렬방식을 흩트리고 이파리 하나를 건조대에 걸어 놓은 채 계속 자라고 있다. 한 뼘 남짓한 철봉과 철봉 사이로 얼굴을 내밀고 여전히 키를 높이는 중이며 여전히 진분홍의 꽃을 피우고 있다.

모든 생명은 자신의 환경에서 최고의 선택을 한다. 그것이 지금
이고 현재이며 생명이 가진 위대한 힘이다. 이기적 유전자가 살
아남는 것인지, 살아남았기에 이기적 유전자가 되는지는 모르겠
다. 아무튼 생명이란 자신의 위험을 피해갈 능력, 자신에게 유리
한 환경을 선택할 수 있는 능력을, 이미 생명이 탄생하는 순간 함
께 장착하게 되거나, 매 순간 어떤 상황에 대처할 수 있는 능력이
발현될 수 있도록 시스템을 갖추고 있는 것은 분명하다.

형제들로부터 '헛똑똑이'라 불리며 어리석은 선택을 한다는 핀
잔을 듣고 있는 나는, 어쩌면 '나'란 생명을 위한 가장 탁월한 선
택을 하는 것인지도 모른다. '나'란 생명을 발현하기 위한 최고의
선택, 그것이 나의 삶이고 나의 현재다.

사랑은 인간을 신보다 위대하게 만든다

신은 위대하다. 존재 자체로 완벽하기 때문이다.

그러나 신의 역사는 불완전한 인간의 역사와 그 흐름을 같이 한
다. 인간의 역사가 변화, 발전함에 따라 신의 세계도 변화되고 발
전해 왔다. 혼돈(카오스)의 시대에 어둠의 신이 있었다. 인간이 신

을 형상화하고 설명할 수 없는 시대이다. 인류의 탄생 이전이기 때문이다. 신은 인간을 통해서만 그 존재가 존재할 수 있다. 인간이 감각 능력으로밖에 신을 설명할 수 없는 시대에 신은 하늘이었고 태양이었고 바람이었다. 인간에게 있어 신은 늘 미지의 세상이며 닿을 수 없는 동경의 대상이었다.

그러나 인간이 말의 능력을 갖추게 됨으로써 신은 인간의 세상으로 형상을 드러냈다. 말은 하느님의 전지전능한 힘이었으나 인간이 그 말의 능력을 갖추게 되었다. 신이 인간의 영역에 존재하게 된 것이다.

신은 언제나 완성체이고 인간은 그곳을 향한 여정에 있다. 인간의 진보가 신의 세계로 다가갈수록 신은 한발 물러선 그곳, 원형 자리에 있게 마련이다.

신이 가장 번성했던 시기는 그리스 로마 신화 속에 존재한다. 그것이 신들의 모습을 그려낸 것인지 인간들의 세상을 신의 이름으로 그려낸 것인지는 모르겠다. 아무튼, 인간 역사상 예술, 철학, 문학, 과학 등 인문주의 사상이 가장 번성했던 그리스 시대에 인간들은 가장 풍요로웠고 신의 세계는 천국이었다.

신들은 저마다 부여된 능력을 완벽하게 구현하며 인간의 세계와 공존하였다. 예술세계를 풍요롭게 하고 만물의 생산을 담당하였다. 지혜의 신이었고 음악의 신이었으며 아름다움과 쾌락의 신이었다. 신의 세계는 완벽한 신들의 결합체이다.

　인간의 정신세계 전반을 관통하는 문학과 철학과 예술에서 올림
퍼스의 신들은 아직 찬양받고 있다. 그러나 그들의 이야기는 더
는 재창조 되지 않는다. 완벽의 신들도 로마의 멸망과 함께 붕괴
하였다. 완벽한 존재로서 신은 왜 인간에게 그 자리를 내어줄 수
밖에 없었을까?
　그리스 로마 신화에는 '사랑'에 관한 이야기가 쓰여 있지 않다.
완벽이란 공존의 이유를 필요로 하지 않기 때문이다. 그들의 관
계에 희생이나 봉사가 자리할 이유가 없다. 오로지 욕망과 에로
스, 질투와 복수 그리고 정복의 찬란한 영웅담이 존재할 뿐이다.
로마의 붕괴와 신들의 몰락은 그 이유를 같이한다. 완성의 끝은
언제나 붕괴를 가져온다.

　그러나 신화는 인간이 신들의 세계를 정복할 힘을 주었다. 제우
스의 아들 헤라클레스는 그리스 여인 알크메네 사이에서 태어났
다. 헤라의 분노를 산 헤라클레스는 12가지 과업을 완수함으로써
신의 영역에 도전하였다. 헤라클레스는 인간 스스로가 신이 될
수 있다는 가능성을 보여 준다. 또 몰락한 신과 다른 원형을 제시
한다.

"헤라클레스가 네메아의 사자를 죽이고 아르고스로 돌아가던 길에 갈림
길을 만났다. 한쪽 길은 가시밭길의 무수한 고통을 겪어야 하지만 영광에
이르는 미덕의 길이었고, 한쪽 길은 편안하고 사치스러운 삶을 살 수 있는
악덕의 길이었다. 헤라클레스는 미덕의 길을 선택했다. 미덕의 길은 지혜
와 정의로운 전쟁의 여신인 아테나로 상징되며 악덕의 길은 성적 아름다
움과 사랑의 욕망을 상징하는 아프로디테의 길이었다."

- 《이윤기의 그리스 로마 신화》 중에서

인간의 이런 선택은 신의 능력을 갖추고도 진보의 길을 이어갈
수 있는 발전의 원동력이 무엇인지 설명해준다. 인간에게 완성의
자리는 없었다. 신의 자리에 다다를 수 없었기 때문이다. 인간은
불완전한 존재를 인정함으로써 완벽의 자리를 향해 전진한다. 인
내할 줄 알며 고통을 감내하고 두려움과 공포에 맞선다. 영광의
길에 도전한다. 신이 그 너머에 있기 때문이다.

현대 사회는 더 신을 찾지 않는다. 인간의 역사가 그 미지의 대
상이 극복 가능하다는 사실을 증명하고 있기 때문이다. 과학의
발달은 우주의 신비는 물론 신의 영역에까지 닿아 있다. 오늘날
양자 물리학의 이론은 우주의 운동 원리뿐만 아니라 정신세계의
신비로움에까지 접근하고 있다. 더구나 많은 영적 각성 자들은
인간이 '신'임을 스스로 천명한다. 인간은 스스로 발전을 거듭하
며 완전체의 자리에 접근하고 있다. 자신의 능력이 무한을 향하

고 있다는 사실을 인지하기 시작했다.

그러나 과학의 발달이 있기 전에도 영적 깨달음을 얻은 인간은 많이 있었다. 고대 그리스의 현자들이 그랬고, 예수와 붓다의 삶이 그랬다. 어쩌면 역사 속의 성인들은 인간도 신의 일부임을 일찌감치 깨달았을 수도 있다. 그런데 그들의 깨달음은 하나같이 '사랑'에 대한 실천을 이야기한다. 인간이 신의 자리에 있다 하더라도 불완전한 존재로서 공존을 통해 완성을 향한 노력을 멈춘다면 세계는 멸망할 수밖에 없기 때문이다.

어떠한 존재도 관계를 떠나서 존재할 수 없다. 신의 자리 역시 그 원리를 벗어나지 못한다. 완전함이란 내가 존재할 수 있는 관계 속의 다른 존재와 결합을 통해서 이루어지기 때문이다. 미지의 세계는 늘 현재를 넘어서는 자리에 있다. 영원히 다다를 수 없는 '신'이다. 그리고 인간은 그곳을 향해 전진하는 존재이다.